DEUX SECONDES D'AIR QUI BRÛLE

Fiction & Cie

Diaty Diallo

DEUX SECONDES D'AIR QUI BRÛLE

roman

Seuil
*57, rue Gaston-Tessier, Paris XIXe*

COLLECTION
« Fiction & Cie »
fondée par Denis Roche
dirigée par Bernard Comment

Pour les exergues : Lisette Lombé, « C'est le temps du vin blanc »
in *Brûler Brûler Brûler*, © L'Iconolaste, coll. « L'Iconopop », 2020 ;
X-Men, « Retour aux pyramides »,
Ma 6-T va crack-er, © Why Not Productions / Actes Prolétariens, 1997.

ISBN 978-2-02-150758-4

www.seuil.com

À mes grands-parents qui vivent ici,
à mes disparus de là-bas.

À toustes les humilié·es,
les blessé·es, mutilé·es, violé·es,
les incarcéré·es,
pour les assassiné·es et tous les téméraires
emportés sur leurs deux-roues,
ni oubli, ni pardon.

Traduction en différentes langues
de cette liste d'objets que l'on peut perdre dans
le fond des océans,
listes des morts qui remontent à la surface des
mémoires et qui demandent justice.
Noircir, noircir.

Lisette Lombé,
« C'est le temps du vin blanc »

Faut qu'on s'organise, qu'on crée nos propres
trucs,
Avant que tout explose, il faut qu'on s'arme.
J'ai de la force pour les frères, les étoiles mes
seules guides,
Retour aux pyramides après des siècles.

X-Men, « Retour aux pyramides »

Le dessous

16 juillet ; soir ; sous la place.

Derrière un grillage sans fin s'étend un terrain vague, zone d'habitat en devenir peuplée de jeunes pousses, de buissons et d'arbustes à qui les jours sont comptés. Cette friche, le terrain des aventures de notre enfance. J'élargis à coups de pied une ouverture dans la clôture puis j'y faufile mon grand corps, adulte depuis quelques étés. À des mètres au-dessus du lieu de rendez-vous, le sol vibre déjà. Les branches et feuilles d'espèces indiscernables dans le noir de la nuit tremblent au rythme des pulsations souterraines. Je décide de me diriger à l'oreille et me figure un passage au milieu des cailloux, canettes et dunes cabossées. J'aperçois le point d'accès.

Un chambranle de béton encadre une porte de métal mangée par la rouille. Elle claque dans le vent léger. S'ouvre et se referme sur le début d'un trou. Je le scrute et l'écoute avant d'y sauter. J'y connais un escalier. J'y devine des notes de house. J'y fantasme des nuques humides, des acclamations noyées dans les décibels, des danseurs, des danseuses, qui se retrouvent soudainement face à face sur une piste sans l'avoir anticipé, qui oscillent entre réserve et désir de se toucher. J'y imagine des débats animés, confus, et des personnes se clamant à haute voix leur amour alors que d'habitude elles ne le font pas.

Je vais pénétrer dans le parking. L'odeur caractéristique des endroits sans soleil me saute au nez, agite l'hippocampe dans mon crâne et mes souvenirs d'enfant. D'une fois qu'on cherchait une cachette dans les caves de notre immeuble avec mes grands frère et sœur, que je collais comme leur ombre, et qu'une porte coupe-feu s'était refermée sur mon annulaire, le diminuant à tout jamais de deux millimètres. De quand j'allais accrocher mon vélo dans ces mêmes couloirs sombres, le dos trempé et les doigts tremblants de la peur d'être suivi. Cette humide odeur de terre, c'est aussi celle de la fête immergée où jamais rien de liquide ne se paye avec de l'argent. L'odeur de l'underground. Des mélanges d'alcool et de soft dans des bouteilles d'eau de source. De la fumée de clopes achetées en Espagne. Du partage de goulots, de la fusion des ivresses, de la musique de Chicago. Où chacun vibre à sa singulière cadence, défie les impacts des basses propulsées.

C'est l'odeur de la part qu'on nous laisse. Des mètres de trottoir, quelques bancs, des triangles d'herbe, des bouts de bois morts qu'on transforme en braise pour cuire la viande. Le moindre coffre de voiture est un possible sound system.

On est débrouillards. On est joyeux.

Mais nos réjouissances n'en sont pas pour tout le monde. Il y en a qui ne nous voient que comme les rejetons braillards d'ascendants qui avaient au moins la délicatesse de la fermer. C'est vrai qu'on fait ça, parler fort, mais on est quand même loin de passer toutes nos nuits à beugler sous des fenêtres. On a juste besoin d'agitation, un peu. Attiser des feux, se raconter des trucs pour passer les jours qui rallongent et même ceux qui raccourcissent en fait et puis danser parfois.

Pas grand-chose en somme.

Je dévale les marches. Mes pieds frappent le béton. Je ne fais aucun effort pour retomber légèrement. Le son de mes pas ricoche sur les parois autour. À mesure que je m'enfonce sous terre, l'écho se mêle aux pistes des morceaux joués plus bas pour se dissoudre dans la saturation.

J'arrive au dernier niveau et allume une clope en marchant. Les emplacements pour stationner sont vides, à peine éclairés. Je souffle d'étroits boyaux de fumée qui s'élargissent en atteignant les tubes à néon. J'envoie un message à Samy : t'es où frérot. Devant la dernière porte à franchir – une lourde porte battante –, j'attends quelques instants au cas où mon portable vibrerait en retour.

Arriver seul en soirée, je hais ça. J'ai toujours peur que la première personne que je croise soit quelqu'un que je connais trop pour ne pas dire bonjour mais pas suffisamment pour être saucé de le voir. Pas loin de moi, il y a d'autres personnes venues se rafraîchir dans un air moins chargé qu'à l'intérieur de la salle. J'évite tout contact visuel qui permettrait de penser que je suis dispo pour discuter. Je froisse la canette que j'ai sirotée tout le chemin, respire un coup et prends la décision de m'assembler au reste de la communauté.

J'entre. J'observe. Il me faut quelques minutes avant de trouver le coin accueillant malgré le monde. D'habitude, c'est vide, on vient là pour se poser à l'abri des regards des inconnus gênés par nous, et des procès-verbaux qu'on reçoit comme des spams, mais ce soir il y coexiste des univers, des manières d'être : des gens bougent leurs bras et leurs jambes dans tous les sens, ils dansent quoi, d'autres gens sont affalés sur de gros poufs et au-dessus d'eux, des gens encore, suspendus dans des hamacs. Tous piaillent dans les décibels avec des hochements de tête excités et les pieds qui battent la mesure.

Dans les poches de mon pantalon et de ma veste j'ai fait tenir quatre bières. J'en prends une, tire la languette et bois une gorgée. Les bulles me picotent le fond de la langue. Peu des chansons que crachent les enceintes sont connues mais presque tout le monde bouge dessus. C'est beau. Ça donne des dialogues sans mots, des lèvres qui remuent, muettes, des mains qui reproduisent la musique. On n'entend pas les rires ni ce qui les déclenche. Des gens s'embrassent doucement, le souffle saccadé, les paumes plaquées, les creux des corps emboîtés. Des lèvres ouvertes sur le fond d'une clavicule. Des cœurs arythmiques reliés par deux ou trois. Le langage indiscipliné de celles et ceux qui parlent la tendresse.

Je bouge là où ça chill, des groupes échangent sous stupéfiants, d'autres, placides buveurs de canettes, sont rassemblés derrière un large pilier rectangulaire.

Dans un des groupes adossés aux murs, j'ai repéré une meuf mignonne de fou. Je m'approche pour prendre la température. Elle et ses potes discutent de l'humidité sur la piste de danse, de comment ça déforme les cheveux pour rien. La prochaine fois je viens avec un foulard ou je tresse, elles se disent des trucs comme ça et font des gestes avec leurs mains pour montrer. Celle que j'ai remarquée, elle s'appelle Aïssa. Son visage est entouré d'un triangle de cheveux crépus châtain clair. Ses copines autour portent des carrés raides à frange, des queues-de-cheval hautes, des nattes bleues. Aïssa finit par capter que je la regarde et me demande si j'ai besoin d'une coupe de cheveux. Si tu laisses traîner tes oreilles c'est bien que t'as envie de quelque chose non ? elle dit. Elle est très jolie.

Trop.

Tellement que ça me fait halluciner : autour de moi la luminosité baisse, le rythme de la musique ralentit pour devenir une ballade au piano sur laquelle un chant pointu et désespéré dépose ses dernières conditions d'existence. *Call me friend but keep me closer and I'll call you when the party's over.*

Je suis en train de rouler une cigarette et je fais semblant d'être tiré de mes pensées. Une coupe ? Oui, je dis. Tu sais tout faire ? Une coupe au bol ça m'irait bien tu crois ? je demande. Aïssa me répond qu'à la gueule de mes cheveux elle me verrait plutôt avec une petite virgule rasée sur un côté de la tête, comme quand on était petits. Elle se fout de ma gueule, gentiment. Alors je lui réponds que je suis archi chaud. Je n'arrive pas à rajouter tant que c'est toi qui me coiffes après j'suis archi chaud alors je lui propose une bière. Elle me répond ouais, volontiers, et me demande si je rejoins des gens. Je lui dis que j'attends le petit frère de mon meilleur pote qui doit certainement plus être très loin.

Les copines d'Aïssa se sont éloignées de nous pour aller danser. Elles continuent d'effectuer de petits mouvements de mains près de leurs visages, illustrant toutes sortes de perruques possibles. Tu les suis pas ? je demande. Non je reste avec toi, Aïssa me dit. T'es tout seul, tu vas te faire manger, les gens ont faim de garçons fragiles, ici. Je lui dis que je suis pas fragile. Elle me répond, bien sûr que si t'es fragile puis me demande comment je m'appelle, au fait.

Astor, je m'appelle.

Astor, répète Aïssa.

Mes potes parfois m'appellent Astro. Jamais Castor, bizarrement. « Astro, verseau ou capricorne aujourd'hui ?... Laisse, je vais faire un Rapido en fait », c'est une blague que j'entends quand je passe devant le PMU, pour aller prendre le métro. Parfois, je fais des grands détours juste par flemme d'entendre les voix granuleuses des anciens qui tisent trop tôt le matin.

Je raconte plus ou moins ça à Aïssa, peut-être pour l'amuser un peu. Je lui demande si l'histoire de son prénom est aussi incroyable que la mienne. Nan même pas, elle répond. Je crois que je devais m'appeler Aïcha, mais ma mère a dit no way à cause de la chanson en boucle à la télé. Elle est bien cette chanson pourtant, je dis. Ouais mais tu connais les gens, elle dit, ils y auraient fait référence dès que j'aurais ouvert ma bouche pour dire mon blase. Je dis j'avoue et lui demande où elle habite. J'suis du tiekson, elle me dit en levant les sourcils l'air de dire où veux-tu que j'habite d'autre. Pas loin, en bas de la place, vers le parc, là où ça descend. Même moi, je lui dis, mes parents habitent dans l'îlot, la grande tour en face de la poste. On a un point commun, je kiffe mais je ne sais pas trop comment embrayer, je ne suis pas bon à ce jeu-là. Je tente un t'écoutes quoi comme musique – mais c'est quelle question éclatée. Elle rigole, me demande si je suis sérieux avec mon interview et répond qu'elle sait pas trop en fait, qu'elle écoute de tout, que c'est basique de dire ça mais que c'est vrai. Lala &ce, Lady Gaga, Lunatic. Tout ça elle aime bien. En fait je pourrais dire que j'écoute des classiques, elle dit. « T'écoutes quoi ? J'écoute des classiques. Du classique ? Non gros, des classiques. » Mon cerveau produit des petites étincelles chaque fois que sa voix se pose à l'intérieur de mes oreilles et je pense que je veux explorer des manières de faire futur avec sa main dans la mienne.

Des classiques en L, je rajoute, en observant de biais ses iris beiges. Beige. Beige ! Genre c'est une couleur d'yeux qui existe normal.

Ma tête surchauffe. Je sens mon cœur battre à la surface de ma peau, dans mes paumes et sous la pulpe du bout de mes doigts. Il faut que je me calme. Que je me calme. Suffisamment pour pouvoir dire la phrase suivante : voudras-tu boire un verre avec moi, un jour ? Mes lèvres amorcent le v de vouloir, le t de tu, s'écartant de quelques millimètres, ma langue pressée contre ma mâchoire supérieure, quand un remix de l'Histoire de la vie, façon Baltimore Club, démarre juste à côté dans la pièce où ça danse, suivi de cris enthousiastes. Je me retrouve sur la piste poussé par Aïssa, elle a plaqué ses avant-bras contre mon dos quelques secondes, ça m'a rendu fébrile et vacillant. À ce moment-là, je réalise que je suis quand même tout bourré. J'essaye de ne pas bouger comme un beauf qui ferait tourner son index au-dessus de sa tête, mais plus comme un mec qui a ça dans le sang tah les petits roulements d'épaules. Aïssa danse à quelques centimètres de moi, juste derrière ses amis qu'elle vient de retrouver, il y a les filles rencontrées tout à l'heure et des mecs aussi, suffisamment beaux gosses pour que je m'inquiète d'à quoi je ressemble, moi, dans la pénombre de la salle.

Elle danse. Coordonnée, dans le rythme, complètement dans son truc. Je n'ose plus lui parler, j'ai peur de rompre l'harmonie qu'elle a amenée près de moi, j'ai peur de lui casser son délire, j'ai peur d'avoir besoin de lui hurler dans l'oreille pour me faire comprendre, que la musique se coupe à ce moment-là, j'ai peur d'être lourd et qu'elle me repousse. Je me sens peureux et décalé. Je continue de m'agiter en souriant, comme un enfant un peu bête. Le son se termine, je regarde mon portable pour avoir l'air de faire un truc. Je n'ai toujours pas de nouvelles de Samy, ça commence à faire chier.

Aïssa me demande si ça va et je réponds qu'il fait chier Samy à pas arriver. Je la regarde. Son visage, un ensemble de traits qui coopèrent. Tu t'ennuies avec moi ? elle dit. Trop pas, je réponds. Désolé, je m'inquiète facilement, surtout qu'il est en deux-roues je crois. Aïssa dit qu'il galère peut-être à trouver comment descendre et que si je veux elle peut m'accompagner dehors pour aller le chercher, que ça lui fera prendre l'air.

Elle fait le premier pas. Un pas de ballerine. Mon cœur s'emballe, pompe trop fort et l'odeur de l'adrénaline envahit mes narines. Quand on sera dehors dans l'air chaud il faudra agir. Je lui proposerai de venir chez moi finir la soirée. Non ça fait charo. Je lui proposerai d'aller marcher dans le parc plutôt. Non ça fait lover. Je lui proposerai d'aller boire un verre demain, c'est finalement un bon classique ça, et quand on sera un peu ivres je l'emmènerai sur le toit pour conclure le projet en regardant vivre la ville et en espérant qu'elle me fasse des bisous. Et qu'elle aime les garçons d'abord. Et qu'elle m'aime bien moi. Je lui proposerai tout ça quand on montera les marches vers la sortie. Non, je lui proposerai tout ça à la seconde où la silhouette de Samy s'avancera vers nous sur sa moto, je lui dirai quelque chose de rapide qui commence par au fait ou si ça te dit. C'est ça que je vais faire. Lui proposer qu'on s'enivre ensemble.

Mon nez est submergé par l'odeur de ma peur et je sens mes jambes trembler. Je ne savais pas qu'il était possible de tomber amoureux en une heure. Je veux mettre ma tête dans son cou, aspirer son parfum pour chasser la crainte d'être ignoré.

Les contours de la fête sont devenus flous, une lumière mielleuse baigne les danseurs comme des insectes dans de l'ambre. Le son s'est mis à faire *you got me lifted, feeling so gifted, suga how you get so fly ?*. Puis *40 degrés, grand soleil, j'transpire à bloc, pfff c'était bien au début quand on s'connaissait pas encore…*

Mes yeux à la recherche du beige dans les siens, du miel coule le long des murs, je voudrais les lécher, y plonger ma langue et mes doigts. L'odeur de ma peur s'estompe mais mon nez se met à piquer. À piquer puis brûler. Mes yeux à leur tour. Les murs ont repris leur gris. Je reconnais l'odeur, capte que l'espace de la fête est clos : on est dans la merde. Quelqu'un hurle qu'un barbecue s'est fait soulever là-haut, que ça embarque, qu'une grenade est tombée par les voies d'aération. Il faut sortir.

L'air se sature de fumée. Étouffe les voix, étouffe les plaintes. Je presse ma veste en boule contre mon visage. Un barrage qui ne sert à rien. Aïssa enfonce ses ongles dans mon bras et je ne sens même pas la douleur. Je ne peux pas garder les yeux ouverts, je ne sais pas vers où je marche. Juste je marche. Je ne pense plus à ne pas perdre Aïssa. Je ne pense plus qu'au fait de mourir peut-être. Le gaz a envahi l'espace et créé un mouvement de foule. Les chairs des uns et des autres se mélangent dans la fuite, serrées. Mon corps tout entier est pris de convulsions, mes poumons cherchent l'oxygène. Je ne peux plus respirer. Je m'agrippe à des poignets d'inconnus. Mon estomac se contracte, compulsif. Je vomis des boules d'air incandescent qui me consument l'œsophage. La peau de mon visage brûle, comme frottée au piment. Une personne perd connaissance, poitrine infectée, elle me tombe dessus. Un silence surnaturel s'installe souligné par les spasmes, les reflux, les toux et les crachats. En continu, une voix en moi, la mienne peut-être : tout a une fin, rien n'est éternel, tout se dissipe, je ne vais pas mourir.

Enfin, des particules d'oxygène arrivent à se frayer un chemin jusqu'à nous, diluant l'air empoisonné. Finissent par se multiplier suffisamment pour nous permettre une bouffée. Une deuxième. Une troisième, jusqu'à pouvoir respirer par hoquets puis haleter. Mes yeux sont baignés de larmes, je ne vois rien ou des êtres embués. Je résiste, ne me touche pas le visage, ferme les yeux fort afin de faire s'écouler l'eau et les ouvre à nouveau. Autour de moi, des gens se tiennent l'abdomen, se raclent la gorge. Par terre des dizaines d'ombres recroquevillées ont les mains qui tremblent.

Puis des groupes se reforment pour partir. Aïssa a disparu. Ceux qui en ont la force marchent vers une issue. Apparemment, on peut sortir par la pyramide. Ça sent le bourbier, les heures de garde à vue, et je n'ai pas la gueule qu'il faut pour que ça se passe autrement alors j'attends un moment, assis sur les marches, que ça se calme au-dessus.

Le dessus

16 juillet ; soir ; sur la place.

Quelques heures avant, le même soir.

Un soir d'été comme tous les soirs d'été.

Des passants, des équipes, des mères sont dispersés un peu partout. Posés sur les marches dans le labyrinthe de la fontaine ou sur des bancs. Ça discute de choses pas sérieuses. La chaleur lourde limite les entretiens, ralentit les débats. Certaines mamans, fâchées par des bêtises observées de loin, poussent de molles gueulantes quand elles en ont le courage. De minuscules êtres humains dans de toutes petites salopettes piaillent comme des oisillons. Il y a des coutumes qu'on observe : les strapontins, les filles qui en tressent d'autres, le bissap en bouteilles de cristaline, les beignets stockés dans des glacières.

C'est comme ça que je m'imagine le décor de cette scène.

Avant qu'un air toxique ne désoxygène le sang et les cerveaux, c'était une soirée tranquille. Presque chiante.

Les petits frères font gronder des bécanes empruntées aux plus grands. Leurs corps encore tout gringalets et dans les yeux l'imminence du tremblement du monde, avec du bruit, avec du risque. Quand je les regarde défiler, de ma fenêtre, une partie de moi est dans l'envie – du plaisir d'être coupé du monde par le son du moteur et le fouet de l'air sur le visage, de s'élever avec la machine pour retomber sur le sol sans fracas. Depuis qu'on a cessé de se déplacer en calèche, la jeunesse retire aux mobylettes leur pot d'échappement pour les faire gueuler plus fort que le vacarme des rouages qui la forcent à vieillir. C'est réel.

Les petits frères ont le rire et l'apostrophe faciles – ou ils ont l'air borné et arrogant selon le point de vue –, et ils se promènent toujours par grappes d'une dizaine. Mais dans les faits chacun est souvent accaparé par un truc noir, insondable. Une affaire bien à lui qu'il tente de chasser, en bande et en allant plus vite que le vent. Solitaires entre eux. T'as des problèmes chez toi ? Fais de la bécane.

Nous aussi, Chérif, moi et notre équipe certaine, Demba, Nil et Issa, on a été des petits frères. Des turbulents, des farceurs aux histoires mythologiques sans cesse ressassées. Les rôles bien distribués. Le posé, le cassos, le cramé, ce genre de catégories. Maintenant c'est différent, on traîne ensemble surtout le soir, nos aventures sont moins fantaisistes et s'amuser implique parfois d'avoir de l'argent dans les poches. Chérif est dans ses études de droit, moi j'ai lâché les arts appliqués pour faire jardinier, Nil est artisan, Issa va devenir éducateur et Demba écrit et chante. Nos vies sont tranquilles. Presque chiantes.

Chez lui, devant le miroir, Chérif remonte à sa taille un short long en coton épais, noir et blanc. Ses pieds nus s'épanouissent dans des claquettes. C'est comme ça que je l'imagine. Il regarde sa montre. Il n'y a personne dans l'appartement. Son grand frère Farès est au sport. Son petit frère Samy traîne dehors. Sa mère est partie passer l'été au bled avec ses tantes. C'est le premier été où elle n'emmène pas Samy. Pas d'argent pour, et puis il est grand maintenant. Samy, à vrai dire, n'est pas si contrarié que ça. Il aime la mer et ses cousins mais ne rien branler avec ses potes ça lui convient aussi.

Chérif, ça le fait bien chier en revanche. Il a la sensation de devoir dealer avec un petit savon mouillé qu'il est impossible de retenir dans ses mains. Il lui laisse un vocal sur le whatsapp de la fratrie : c'est pas la question que tu sortes ou quoi, je m'en fous, je veux juste savoir ce que tu fais et où t'es, je dois rendre des comptes à maman tous les jours quand elle appelle et jamais je peux lui donner les bonnes infos, après elle me prend la tête, donc coopère steup.

Chérif prend ses clés sur le meuble de l'entrée, ajuste quelques brins de cheveux sous sa casquette, sort en claquant la porte derrière lui. La voisine sort au même instant, encombrée de sacs. Comme par hasard il se dit. Chérif dit bonjour, prend les cabas sans réfléchir et commence machinalement à faire la discussion. Cette dame-là les a gardés toute leur enfance avec ses frères, après la mort de leur père. Quand elle les rendait à leur mère le soir, elle ne pouvait pas s'empêcher de leur glisser de la nourriture partout, des barres chocolatées dans le sac à dos, des cacahouètes dans les poches du manteau. Il y a des liens qu'on ne peut défaire. Chérif demande comment ça va mouima, la famille, celle d'ici, celle de là-bas, la préparation de la fête du quartier, il peut aider si elle veut, et le bébé de la grande. Ceci cela. La voisine lui demande comment se passent les études, si c'est pas trop difficile avec la chaleur et comment va la maman. Les questions comptent plus que les sommaires réponses qui les suivent.

Au rez-de-chaussée, les portes de l'ascenseur s'ouvrent, Chérif donne un coup de tête dans l'air pour dire va devant, je te suis. En bas, le fils aîné de la voisine attend, adossé à sa voiture garée en double file. Lorsqu'il aperçoit Chérif, tout encombré derrière sa mère, il rigole puis lui dit un truc du style t'es toujours dans les bons coups toi, lui prend les sacs pour les ranger dans le coffre et le check en lui tapant le dos affectueusement. À plus tard mouïma, dit Chérif en réajustant d'un coup de cheville sa claquette qui lui glissait sur le pied. Il marche quelques mètres et se rend compte qu'il a oublié le charbon chez lui. Rololo c'est loin, il se dit, et il pense un instant à renoncer à se nourrir avant que l'image d'une brochette cuite ne le ramène à la raison. Il remonte là-haut, refait les mêmes gestes, badger, pousser, attendre, ouvrir, claquer, puis redescend. Ses pas sont engourdis par la canicule, ses semelles raclent le sol bruyamment. Des gouttes de sueur commencent à apparaître à la surface de sa peau brunie par les séances quotidiennes de bronzage entre quinze et seize heures, lorsque le soleil tape pile-poil du ciel sur son lit au quinzième étage.

Les bras tendus autour de l'énorme sac qu'il porte comme un enfant trop lourd, il se dirige vers le cœur de la place, où des chaises pliantes ont été sorties, disposées en cercle. Samy passe devant lui en pétaradant sur une bécane empruntée à un cousin pour l'été. Chérif le hèle et Samy s'arrête un peu plus loin pour faire demi-tour. Quoi, il demande en arrivant. Coupe le moteur déjà, on s'entend pas, dit Chérif. Samy s'exécute. Aide-moi à porter le charbon steup. Nan c'est mort, dit Samy, j'ai un pote qui m'attend, j'suis grave en retard. Chérif lui répond qu'il s'en bat la race, de prendre le sac sur sa moto et de l'emmener là-bas, que ça prend trois secondes. Samy lève les yeux au ciel, exagère la durée d'un wesh, prend le sac, le cale à cheval entre son ventre et le guidon, rallume le moteur et démarre. À toute, il lance, l'air désinvesti. Chérif lui hurle t'as écouté mon message au moins, et comme Samy est déjà loin il rajoute pour lui-même, wAllah qu'il écoute bien mon message même, sinon j'vais venir lui faire en live devant ses potes il va rien comprendre.

Arrivé à hauteur du cercle, il balance un ça dit quoi nonchalant et se gratte un bouton de moustique sur l'épaule. Une dizaine de personnes répondent en canon, on est là. Issa lui tape deux fois dans la main et retourne faire de l'air sur un barbecue installé près d'une borne d'incendie. Ses muscles se dessinent sous sa peau à mesure que les mouvements verticaux gagnent en intensité. Pour faire rougeoyer les braises, il se sert d'un éventail en forme de petit drapeau, natté à partir de fils de plastique souple rouges et noirs. Chérif s'excuse du retard, il discutait avec sa voisine puis a oublié le charbon. De quoi vous avez parlé autant de temps même ? demande Issa. Chérif dit comme d'hab, actes de naissance, de décès, obtention de diplômes, un point administratif quoi. Je lui ai dit pour mes partiels, que je les ai réussis, il rajoute, elle était contente pour moi. C'est bien, t'as mérité en vrai, t'as travaillé, dit Issa. T'as choisi ta spécialisation ou quoi, il demande. Chai pas trop encore, répond Chérif, je pense je vais faire environnement et urbanisme, quelque chose là-dedans. Arrête, tu vas même pas pouvoir travailler au tribunal avec ça, prend un truc plus sérieux non ? trucs des affaires ou trucs des crimes non ? un truc qui nous aide au moins, dit Issa. Mais t'as cru le tribunal c'était une boîte d'intérim ou quoi, dit Chérif, je veux pas travailler là-bas de toute façon.

Il tire sur son t-shirt pour en effacer les plis. Les braises continuent de rougir, passant de l'ambre au fauve. Au cœur de la cuve, le nuancier prend des allures de boîte à bijoux. C'est Chérif qui a bricolé le barbecue dans le garage du père de Lionel. Ça lui a pris quelques heures seulement. C'était la quatrième fois qu'il en faisait un. Les précédents ont été saisis par les flics, les uns après les autres. De belles pièces pourtant. Méritaient pas d'aller finir à la casse. À force, il a pris la main donc. D'abord, à la disqueuse, il a divisé un fût de deux cents litres en deux et n'en a gardé qu'une moitié. Dans les invendus de la ferraille que récupère son grand frère pour arrondir ses fins de mois, Chérif a trouvé des tringles qu'il a découpées et soudées en six rectangles. Un support pour la cuve, deux pieds, un socle, des bases pour deux petites étagères. Il a taillé deux tablettes dans un bois clair pour pouvoir entreposer la viande et les ustensiles, puis il a perforé la cuve de deux trous de chaque côté, afin d'y passer des fers à béton pour la verrouiller et l'empêcher de basculer. Enfin il a peint la structure aux couleurs du PSG.

La première fois qu'on l'a utilisé, il ne manquait que la grille de cuisson sur laquelle déposer les brochettes, les ailes de poulet, les merguez. On a mis plein de couches de papier aluminium histoire d'isoler. Ce soir, la grille a été découpée. On l'inaugure, posée au-dessus du tiers d'un grand sac de charbon de bois dur. Les viandes cuisent, encouragées par l'éventail. Une enceinte bluetooth, au pied des chaises pliantes, chante un air irrité. *Ça bouge pas, j'me lève tôt, j'me couche tard, j'vais au bon-char, et j'm'en bats les couilles moi. Ça commence ici (ça va commencer ici), ça va jusqu'à là-bas.*

Chérif s'est affalé sur une chaise, dans une main le tuyau d'une chicha accompagne ses gestes. Issa lui a posé un sandwich dans l'autre. La baguette croustille, les arômes d'un mélange d'algérienne et de mayonnaise se libèrent dans sa bouche quand il mord dedans. La viande est tendre, embrase la langue à contretemps. Chérif sent chaque protéine contenue dans la chair absorbée se greffer à ses tissus. Rasade de fanta pour calmer les papilles en feu. Presque plus personne ne parle durant les trois tournées de sandwichs. Assommé par la température, Chérif ricane au ralenti aux vannes paresseuses de ses potes, aux histoires déjà racontées des dizaines de fois. Ressassées jusqu'à la corde du lien.

Ça part en débats rincés. Issa dit on est pas bien là, à côté de la pyramide ? Un des gars posés, Reem, lui demande ce qu'il raconte encore. Bah je sais pas, sandwichs, canettes, on est bien quoi, dans le luxe, des princes, des pharaons quoi. Ouais mais toi t'as pas la bonne couleur pour être un pharaon en fait, Reem lui répond. Chérif explose de rire. Toi t'es bien le bon descendant de ton peuple d'arrogants, il lui dit, genre y avait pas des vrais bronzés à Alexandrie ? instruis-toi frère, les pharaons ils étaient noirs, fin de l'histoire. Reem répond qu'il dit n'importe quoi, qu'au mieux les gars étaient caramélisés, enfin au pire. Ah ça, ça vous plaît pas quand on commence à vouloir dire la vraie histoire, dit Issa, moi je vous dis que y avait du cheveu crépu sous le némès, bref, t'sais quoi, ça sert à rien de parler avec vous autres et vos gènes de colons colonisés là, d'arroseurs arrosés, avec ta mauvaise foi là, vas-y mange ton sandwich au lieu de dire des bêtises, conclut Issa dans un tchip. Du poing, il adresse une petite patate amicale sur le dossier de la chaise de Reem et rajoute, je vais t'appeler Maître maintenant, tu vas plus jamais oublier ta position de vendeur d'humains, comme ça. Ça marche l'Égyptien, dit Reem en rigolant la bouche pleine.

Soirée tranquille. Presque chiante.

Les sirènes et les gyrophares, on n'y prête plus tellement attention. Ils sont jumelés aux bons moments. Alors j'imagine que c'est une fois en la présence des agents que les gars captent qu'ils vont devoir se justifier, encore, sur ce qu'ils font de leur existence à ces dépositaires qui ne les valident pas par principe. Depuis le temps, on a évidemment appris à exécuter les ordres sans faire de commentaires pour que ça aille plus vite, poursuivre la fête ou rentrer chez nous. Mais ce soir-là ce n'est pas tout à fait pareil. Il y a toujours des soirs où ce n'est pas tout à fait pareil.

Et on ne peut pas maintenir la garde trois cent soixante-cinq jours consécutifs.

Chérif et Issa répondent aux premières questions, pacifiques. J'ai réussi mes partiels, c'est ça qu'on fête, dit Chérif, on fait juste barbecue tranquille, on sait que c'est pas autorisé mais on a essayé de pas être dangereux, de déranger personne, vous voyez bien, même on éteint le son si vous voulez. Il pourrait dire ce qu'il veut, ce soir-là ce n'est pas tout à fait pareil. Plus encore que d'ordinaire, le processus semble avoir été écrit à l'avance, à l'image d'un scénario. Ses rôles assignés, d'adjuvants, d'antagonistes ; son élément perturbateur aussi et probablement quelques péripéties ; mais avec une fin en queue de poisson.

Les dépositaires ne sont pas satisfaits de ses explications, une interdiction est une interdiction, ils disent. Ils veulent voir des papiers d'abord, vérifier si ces garçons sont bien eux-mêmes.

Chérif est sorti sans rien, comme à peu près tout le monde.

Messieurs, il dit, vous savez très bien qui je suis, on s'est parlé hier et trois fois la semaine dernière. Les dépositaires disent que ce n'est pas la question. Chérif propose d'aller chercher sa carte alors, il habite juste à quelques mètres, dans le bâtiment en face, ça ne lui prendra que quelques secondes, ils peuvent même l'accompagner s'ils ont peur qu'il se barre. On lui répond que ce n'est pas comme ça que ça fonctionne. Comment ça fonctionne alors, j'essaye de coopérer mais vous me laissez pas d'issue, dit Chérif qui commence à perdre patience. Apaise-toi, lui dit Issa. Chérif se calme, mâche sa langue à en saigner un peu. On dit qu'on va procéder à des fouilles, de bien vouloir se mettre en ligne les mains contre le mur. Dans le groupe, ça monte un peu, ça balance des forcez pas, on faisait que manger des sandwichs, comme tous les soirs de l'été en vrai, il est où le souci. Dans l'autre camp, on n'apprécie pas les tergiversations. À celui qui a parlé on demande t'aime ça le débat, eh bien tu vas débattre sans ton froc, tu m'as l'air du genre à cacher des trucs profonds. Celui qui a parlé commence à sentir le vent tourner, avec le seum s'exécute, baisse son pantalon, plaque son front et ses paumes sur les briques rouges, tousse quand on lui intime de le faire, ne réagit pas au sale nègre qu'il entend. Et dans sa tête il se demande, c'est quoi cette putain d'ambiguïté, c'est quoi qui se cache derrière tout ce zèle, du dégoût ou de l'envie ? Puis il pense mais ne le dit pas qu'à être obsédé comme ça par les fesses nues des jeunes trop bronzés ils n'ont qu'à les goûter et voir si ça se digère aussi bien que ça se contemple.

Des voisines se sont approchées et essayent de comprendre. On leur demande de circuler, de laisser de la distance, de ne pas gêner le bon déroulement de l'intervention. L'une d'entre elles reconnaît son fils et hausse le ton, les somme de nous foutre la paix. Elle leur dit qu'on est pas là pour faire des problèmes, qu'on a bientôt fini et qu'on va rentrer chez nous de toute façon. Elle crie le prénom de son fils, dis-leur que t'allais rentrer bientôt, elle lui dit de dire. Dans l'autre camp on n'apprécie pas les négociations. L'un des dépositaires, agacé, commence à repousser la voisine. Elle se débat et leur dit vous avez pas honte, chaque mois on sue pour vos salaires, c'est pas à pousser les gens qu'on vous paye. On lui dit que si elle ne se calme pas on va devoir la maîtriser. On lui plaque une main au-dessus de la poitrine pour l'empêcher d'avancer. Du côté des gars, le fils tempête, remets une fois les mains sur ma daronne sale fils de pute, tu vas voir. On lui dit pardon ? on lui met une gifle, on lui dit qu'on n'a pas bien entendu, on lui en met une deuxième, on lui dit que la pute c'est lui, à défendre sa mère, que c'est lui, la pute de sa mère, et on lui force le bras en équerre dans le dos pour le descendre au sol, on lui presse des genoux entre les omoplates et sur sa trachée pour l'y maintenir, et d'une main au sommet de son crâne on lui écrase la bouche contre le bitume.

Pas loin, Chérif entend qu'on appelle des voitures en renfort et se dit que c'est encore loupé pour la fin de soirée. Font chier, putain.

Trois véhicules se sont arrêtés au niveau du groupe. Les dépositaires sont maintenant près d'une vingtaine. Des habitants, alertés par les cris, fatigués des abus, se sont mis à jeter sur les patrouilles ce qu'ils avaient de jetable chez eux.

Chérif et la plupart des autres restent silencieux. Une quinzaine de jeunes et de passants se sont massés autour de l'incident et harcèlent les dépositaires de questions, pourquoi vous faites ça, c'est pas bien de faire ça, ils ont rien fait.

D'autres, plus jeunes encore, sur l'une des passerelles qui surplombent la place, se mettent à tirer des feux d'artifice aux mortiers afin de détourner l'attention des agents qui viennent d'arriver. Déflagrations, pluies d'étoiles dans les branches des arbres. Déflagrations, paillettes carmin et orange retombent en spirales, s'estompent à vingt centimètres du sol.

Tir de grenades dans l'autre camp. Détonation. La fumée blanche et toxique se déploie dans l'air lourd.

Font chier, se dit Chérif. Par réflexe il retire une main du mur, plaque son t-shirt sur son nez. Pour ce geste, il reçoit un coup de matraque dans les côtes qui le prive de souffle. Il replace sa main à côté de celle qui n'a pas bougé, tousse et crache, un sifflement intense dans les oreilles. Le gaz sature des mètres cubes autour de lui. Il sent des doigts gantés pénétrer dans la chair de son cou, comme s'ils essayaient de lui arracher les os de la nuque, et d'autres lui tirer violemment les poignets vers l'arrière pour refermer dessus des menottes. Ses épaules lui déchirent le haut du dos. La pointe d'une télescopique enfoncée entre ses reins le force à avancer vers l'une des voitures.

Avant d'y monter, les yeux en feu, Chérif distingue Samy dans la fumée et la foule. Il ne saurait dire s'il semble blasé ou médusé. Il est assis derrière son pote sur le cross, le moteur allumé fait trembler leurs silhouettes.

Rentrez à la maison ! il leur hurle, avant d'être conduit au poste.

Le dessous

17 juillet ; aurore ; sous la place.

Assis sur des marches, sous la pyramide, je reprends mon souffle lentement.

La lacrymo c'est vraiment un venin d'enfoiré de fils de pute. C'est-à-dire qu'un soldat ne pourrait pas en utiliser contre ses ennemis, sur un champ de bataille en temps de guerre, pas autorisé, mais par contre nous, ils nous en arrosent dès qu'on fait un pas de travers. Et même, dès qu'on a l'audace de sortir de chez nous, putain.

Je n'ai pas eu le temps de prendre son numéro, à Aïssa, avec toutes leurs conneries. Si je pouvais les insulter en live ces fils de proc'. Je ne vais même pas pouvoir ken tranquille, à cause d'eux. Aïssa, putain.

Mes poumons cognent encore contre les parois de ma cage thoracique. Les crachats que j'ai dispersés autour de mes pieds forment une petite Voie lactée. Aïssa. Je n'arrive pas à penser à autre chose qu'à elle, putain. J'ai la gueule et les bronches en feu, et tout ce que j'arrive à faire c'est fumer des clopes en jetant le plus loin possible des boulettes que je fabrique à partir de tickets de caisse retrouvés au fond de mes poches. Tout ce que j'arrive à faire c'est penser à elle comme un dalleux. J'ai le mort.

Mon esprit fait des hypothèses en autonomie. Peut-être que je la recroiserai comme ça, au détour d'une rue. Très simplement. Demain, tôt le matin, les bras pleins des plantes que je vais cueillir la nuit sur les friches alentour. Je fais ça la nuit, je me balade, dans les endroits à l'abandon où la flore a repris le pouvoir.

J'aurais l'air mignon, je pense. Original, zarma. Je porterais un haut qui moule les pecs et un bas de jogging gris chiné. Je lui proposerais de lui composer un bouquet en live, une gerbe d'une beauté dont je dirais à haute voix qu'elle n'équivaut pas la sienne. Dedans je placerais des pétioles de *plantago major* pour l'ornement ; les grandes tiges à bout touffu des *poa compressa* – elles permettraient, en son milieu, de donner au bouquet un côté romantique ; une douzaine de *carduus crispus* et de *chondrilla juncea* ; quelques pompons d'*erigeron bonariensis* – ça pousse là où les gens pissent à la belle étoile, sous les ciels quadrillés par le tracé laiteux des avions ; trois fleurs roses de trèfle. J'assurerais le lien avec une petite liane de coronille bigarrée et je lui tendrais en faisant le gars timide. Une main dans la poche, les yeux vers le sol. Et la chanson dans ma tête démarrerait *I'll be a bubble, I'll make myself useful, dive into diamonds... It looks like you're too precious.*

Et peut-être même que ça commencera dès ce soir.

Chez elle, Aïssa entrouvrira les rideaux bleus qui ornent sa fenêtre du rez-de-chaussée – larges coupons de tissu qui pendouillent sans effort, à cheval sur une tringle d'acier courbée par endroits. Des rideaux tirés en permanence, tamisant la lumière du dehors et protégeant son intimité des regards curieux. Elle scrutera l'extérieur en pensant à moi avec un léger mal de ventre, puis laissera retomber la toile, plongeant l'ensemble de la pièce dans l'obscurité. Elle s'endormira devant son écran d'ordinateur. La série qu'elle aura lancée continuera de dérouler son histoire pour les murs de sa chambre. À son réveil, elle se rendra sur le marché. Y cherchera des aubergines rayées. Se laissera trimbaler par la foule à trois cent soixante degrés, m'apercevra après trois tours, moi, les bras chargés de fleurs qui poussent dans les sols irrigués de pisse anthropique. Je lui couperai le souffle, c'est certain. Moi, derrière mes feuilles laides, dans mon justaucorps moule-pecs, pantalon gris. Je lui lancerai un téméraire viens on se voit. Elle dira oui. Elle me rejoindra chez moi. En l'attendant je siroterai une bière ou deux pour déstresser. L'interphone finira par sonner, je presserai le bouton d'ouverture, laisserai la porte entrouverte pour qu'elle entende dès le couloir la musique que je mettrai pour elle *Tu veux engloutir mes soucis, t'éteins mes clopes avec ton tsunami, y a du soleil au-dessus de la pluie, si l'eau fait vivre, la fumée aussi.* Elle poussera la porte en disant coucou je peux entrer ? Moi dans mon petit marcel doux je dirai carrément viens pose-toi je te sers quelque chose à boire ?

Je lui ferai visiter mon unique pièce et ma cuisine. Je lui montrerai les dessins que je fais et mes plantes qui trempent dans d'anciens pots de mayonnaise, des bouteilles de coca en plastique, verres de festivals, disposés à l'arrache sur des étagères en bois, elles-mêmes accrochées comme elles le peuvent aux murs de plâtre biscornus de l'appartement. Ce sont des misères, je dirai. Des *tradescantia*. Celle-ci, la violette dans la conserve de dakatine, c'est une *tradescantia pallida*. À côté, la rayée argentée, c'est une *tradescantia zebrina*, elle est assez courante chez les fleuristes. Là dans le pot vert, la rose fluo et vert, c'est une de mes préférées : une *tradescantia spathacea*, c'est un pote à moi qui me l'a ramenée de Guadeloupe. Je continuerai d'énumérer : les communes et les cas rares, les fragiles et les résistantes, les oubliées, les inventées.

Je l'attendrirai, obligé, avec mon jogging gris et ma passion cheloue. Je lui dirai, avec un air de poète, que je me suis toujours senti proche de la nature. Puis je rajouterai que d'elle aussi, là tout de suite, je me sens vraiment proche. Je m'avancerai pour l'enlacer et…

Mais là un truc déconne, s'immisce. Je n'arrive jamais à fantasmer sans qu'un caillou se niche dans l'engrenage. J'ignore pourquoi, un truc déconne, s'immisce entre elle et moi. Un truc qui me fait dévier. Comme un portable qui vibre, une capote que je n'ai pas pensé à acheter, une divergence politique, mon corps qui opère bien trop vite. L'intrusion de la perte alors, un truc que je ne maîtrise pas et qui – si mon esprit continue de divaguer avec ce gravier dans la machine – débouche comme un fleuve dans la mer sur l'infini, sur la grande mort.

Je me sens seul sous ce sol, putain.

Dans mon fantasme, cet enfoiré de portable qui vibre pour de faux.

Ça fait longtemps que je n'ai pas senti le mien contre moi. Je le sors, pour chercher Aïssa sur les réseaux. Je n'ai plus de batterie.

Et ça me monte, l'irresponsabilité de ne pas avoir regardé avant si Samy m'avait écrit. Je suis complètement con de n'avoir pensé qu'à mes couilles jusqu'ici. J'espère qu'il ne s'est pas fait attraper. Sa mère va me niquer.

Il n'y a plus une seule tête à la ronde depuis des lustres, ici-bas. Je me décide à sortir à mon tour. Je remonte l'escalier qui mène à l'intérieur de la pyramide.

Le jour perce ses carreaux translucides et sa pointe semble inatteignable au-dessus de ma tête malgré l'échelle en forme d'échafaudage qui y conduit. Il fait déjà chaud. Je plaque mes paumes sur la barre latérale de la porte de sortie puis la pousse avec difficulté. Le soleil brille tout rond. Luminosité crue des réveils anticipés. Je plisse les yeux. Une rumeur inhabituelle drape la place, je n'y prête pas attention, j'effectue quelques pas titubants en direction d'un truc à manger, n'importe quoi. Je suis aveuglé. Gommettes multicolores dans mes pupilles. Il y a un vent léger qui facilite le mouvement. Des merles, moineaux, mésanges, gangs de pigeons chantent comme des rappeurs leur appartenance au sol d'ici. J'ai à peine le temps de penser que tout ça fait du bien, j'entends mon prénom hurlé et dans mes bras sans délai je reçois un corps en fureur. Je l'enserre sans réfléchir, je crois que je sais déjà. On s'écroule à terre, terrassés. Son visage juste au-dessous de mon menton, Chérif ne pleure même pas.

Samy

16 juillet ; soir ; sur la place.

Quelques heures avant. C'est toujours le même jour et je n'ai pas encore bougé à la soirée. Je suis posé sur un banc avec Issa et Demba. On discute, la vie tranquille. On observe les petits faire des ronds. Des ronds et des ronds sur deux roues entre les bâtiments. Parfois sous la dalle. Des ronds pendant des heures. Dans l'équipée, je repère Samy. Je le connais depuis qu'il est haut comme ça. Pire, je mesurais encore la taille d'une crevette que je le tenais dans mes bras tout entier.

À sa conduite insolente je comprends qu'un truc pèse sur son cœur. Samy, si quelque chose lui prend la tête, ça lui prend toute la tête. Il ne parle pas, il taxe le cross de la première ganache d'accord et fait des ronds. S'hypnotise. Fait le tri dans ses pensées sombres.

Je me lève et me poste au feu le plus près de nous en attendant qu'il repasse. J'ai grave envie de lui tirer les vers du nez. Quelques minutes plus tard, il me voit de loin et ralentit au rouge pour me faire croire qu'il respecte la signalisation. Moult disquettes. Il me tend la main sans rien dire, je lui tape dedans, puis dans le dos avec mon autre. Je lui demande c'est quoi son problème qui le ronge à petit feu. Il rigole et me dit qu'il y a rien du tout. T'as des affaires avec une fille, je lui dis, raconte pas d'histoires. Samy regarde devant lui les sourcils froncés, me lâche un vas-y toi, et finit par grommeler tu forces rolala. Puis il capte que j'ai bloqué sa roue avant avec ma basket. Pour se débarrasser de moi, alors, il se décide à m'expliquer.

Qu'en temps normal il a que des potes gars avec qui faire des exploits comme d'envoyer le ballon le plus haut possible dans le ciel et le cueillir, lorsqu'il retombe, sous son pied, en mode fluide et élégant. Mais qu'à la dernière rentrée le prof a fait s'asseoir Lila à côté de lui car elle papotait trop le trimestre précédent. Et qu'à partir de là il s'est mis à fonctionner bizarre. Il est devenu attentif à des trucs qu'étaient pas urgents avant comme de savoir s'il pue après le foot ou si son chtar sur le front se voit encore s'il met sa casquette comme ci ou comme ça.

Que ça l'a pris sans prévenir. Qu'il écoute plus rien quand ses potes lui parlent, déjà qu'il était pas hyper concentré. Qu'il fait des rêves chelous. Que parfois – mais ça c'est moi qui le rajoute –, quand il se balade solo en dehors du quartier, il fait des petits détours dans des sephora pour voir s'il retrouve son parfum, à

Lila, et il cache les bâtonnets aspergés sous son oreiller. Que chaque matin avant d'aller au lycée il a un mammouth de feu dans le ventre, selon ses dires.

– C'est bon ça m'a saoulé, il dit, je pensais que ça passerait mais trop aps.

– T'as qu'à prendre le taureau par les cornes.

– Qu'est-ce que tu dis ?

– Tente un truc avec elle.

– Je fais quoi ?

– Chai aps, invite-la quelque part !

Samy a coupé le moteur. Il est assis en amazone sur sa bécane. Un pied au sol, l'autre contre le poteau sous les silhouettes en pointillé des deux piétons. Il se balance un peu.

– Nan mais sérieux Astor, je fais quoi ?

– Déjà, est-ce que tu sais c'est quoi ses goûts ? Son plat préféré, ces bails-là ?

– Je crois des fois elle va boire des cafés après les cours avec ses copines.

– Bah voilà. Passe devant la prochaine fois. Détendu, ténébreux. Tu fais genre tu la vois au dernier moment, tu lui dis bonjour vite fait et tac t'accélères, t'as pas le temps.

– Ça ?

– Ça. Ou bien t'essayes de la raccompagner un soir. Tu lui fais la discute, la vie tranquille, et là tac-tac, arrivé au niveau du bar tu lui proposes un café.

Samy, dubitatif, commence à se tortiller sur son assise. Je lui dis d'y aller s'il est pressé. Il me dit j'avoue et me remercie. Allez va faire tes cercles, je pense tout bas. Je le regarde s'éloigner à pied poussant la moto du bout des bras. Avant qu'il ne disparaisse, je l'appelle une dernière fois.

– Samy !

– Ouais ?

– Tu fais quoi ce soir ?… Rien ? Passe au parking. Tu vas rencontrer du monde ça va te changer les idées. Beau gosse comme t'es, tu vas avoir du succès, la tête de ma mère.

– Vas-y.

Le reste de sa soirée, toujours, je l'imagine.

Samy observe le cross avant de reprendre sa route. Mémorise chaque détail de sa manufacture, de son usure. Stickers collés à tel endroit. Éraflure à trois centimètres du bas de la coque du ventilateur gauche. Caoutchouc légèrement esquinté sur la poignée d'embrayage. L'idée : ne pas se faire défoncer par le cousin à l'origine du prêt, dont le grand frère lui a retapé ce modèle à neuf avec les pièces d'origine pour ses dix-huit ans. L'aîné du cousin, c'est le genre de type qui regarde une fourche bousillée avec des larmes dans les yeux, qui laisse tremper des heures ses chaînes dans du coca pour les faire rutiler.

Samy replie sa jambe droite au-dessus de la moto pour se mettre à cheval. Son pied, retombé souplement, s'appuie en tension sur le frein. Il garde l'autre au sol. Met les starters. Donne deux coups de talon énervés dans le kick. Fait ronfler l'engin. Les vibrations du véhicule remontent dans sa colonne vertébrale. Frisson de liberté. Il part à toute blinde. La préhistoire dans son ventre s'éteint le long des kilomètres parcourus. Il se dit que j'ai raison, qu'il n'est pas si vilain, qu'elle pourrait vouloir sortir avec lui. Peut-être. Lila.

La selle serrée entre ses adducteurs, l'intérieur des genoux contre le cache du réservoir, il prend de la vitesse sur une ligne droite.

En trois.

Le poignet droit en rotations verticales met des petits coups de gaz, la main gauche lâche l'embrayage d'un geste exact.

La roue patine dans l'excès de puissance.

Et Samy lève.

Arrive au point d'équilibre, accélère par poussées, joue du frein pour rester cabré sans tomber, à cloche-pied sur un fil invisible. Il fait le beau, joue avec les feux, caresse le ciel de l'avant, les bras en croix. Excellent dans une géométrie de l'anatomie. Capable de former de son seul corps et d'un cadre et de roues des lignes droites parallèles, des triangles, des étoiles, mais aussi des V, des T et des Z.

Lui et la machine atterrissent doucement pour fusionner dans un virage. Lila va apparaître au tournant. Si ce n'est pas celui-là, ça sera le prochain, et si ce n'est pas le prochain, ça sera celui d'après encore. Tous les tournants recouvrent Lila qui se cache pour apparaître. Elle n'attend que ça, cachée, d'apparaître. C'est sûr.

Samy lève. Y. Lila dans le tournant, il baisserait. Monte, il lui dirait. Elle monterait, ils iraient. Se rendraient. Pas dans sa chambre à lui, elle est trop mystique. Plutôt dans le parc le soir. Il l'aiderait à escalader. Ils iraient voir la ville depuis le belvédère. Il lui proposerait de tirer sur le joint. Elle dirait oui pourquoi pas. Alors il approcherait son visage du sien pour lui faire une soufflette. Elle expirerait la fumée doucement et joindrait ses lèvres pour l'embrasser. Si la canicule pouvait brûler davantage. Leurs mains exploreraient le corps de l'autre à la recherche de là où ça fait du bien.

Il trouverait tout du premier coup. L'allongerait dans l'herbe et lui au-dessus. En elle. Leurs corps, des poupées gigognes. Un rythme entendu entre eux deux, free-style sans danger. Je t'emmènerai où tu veux Lila, prononcé dans ses cheveux, leur parfum qui inonde le bas-ventre. Où tu veux, tout de suite. Je t'aime parce que tu es belle. Parce que tu es bizarre si jamais tu m'as en toi. Parce que tu me caches quand je dors en cours. Parce que je te cache quand tu dors en cours et que tes bras se replient en cœur sous ta joue. Animal adorable. On se liera Lila et je te conduirai où tu te sens bien.

Samy ! hèle Chérif, prends le sac et tu le déposes à Issa, il est à la pyramide… Nan, je m'en fous de ton programme, ça prend trois secondes, fais-le, c'est tout.

Eau glacée sur le fantasme.

Et voilà Samy qui repart, encombré de cet énorme sac de charbon qu'il a placé à cheval entre son ventre et le guidon. Sur le chemin il effectue de petits slaloms qui l'éloignent puis le rapprochent de quelques centimètres du trottoir, histoire de faire chier les piétons. Il tire la gueule, ce n'était pas dans son programme le charbon, pète les couilles Chérif depuis que maman est partie, il croit il est le président de la maison ou quoi. Samy dépose le sac aux pieds d'Issa, salue l'équipe poliment, puis remonte en selle en direction de chez son pote. Il se gare, sonne au nom de famille, ça ouvre. Là-haut, la porte n'est pas fermée. Il entre et lance un bonjour madame ! à la volée. Sans attendre de réponse, il prend le couloir sur sa gauche. Des paires de chaussures se succèdent, orteils contre la cloison. Pompes de chantier, babouches, converse du marché, escarpins, mules à talons, savates, baskets nombreuses plus ou moins récentes.

Samy s'arrête à la troisième porte à droite, toque et entre. À l'intérieur, le soleil est filtré par les volets aux deux tiers fermés pour conserver la fraîcheur. Sur les murs recouverts de papier peint gaufré, des photos de famille sont accrochées sans logique de taille et côtoient anarchiquement stars de catch et écharpes de supporters punaisées. Une télé est allumée sur laquelle on joue à un jeu vidéo. Quatre garçons somnolents sont agglutinés sur un lit une place, face à l'écran. Seuls les cliquetis des manettes et des touches et quelques rares cris aigus ah le bâtard ! viennent perturber le calme de la chambre.

Venez on bouge nan, demande Samy, on avait dit qu'on bougeait. Flemme, fait trop chaud, ça lui répond. Vous cassez la tête à jamais sortir d'ici, on dirait vous croyez que la chambre c'est un all in', vas-y moi je bouge, dit Samy. Un copain, Bak, lui fait, attends je bouge avec toi, t'façon je perds depuis tout à l'heure.

En bas, Bak monte dans le dos de Samy. Ils n'avaient, jusqu'à ce soir, partagé que des voyages en trottinette électrique pour se rendre chez les uns et les autres ou bien se réapprovisionner en briques de jus – l'un à l'avant, l'autre enlaçant le torse de celui qui manœuvre, les deux collés comme des siamois. Le moteur pétarade, Samy met les gaz. À l'arrière, Bak joue le rédempteur, l'air dans les quelques poils qui décorent le bas de son visage. Son portable en haut-parleur crache du son qu'ils n'entendent rapidement presque plus avec la vitesse. *Menottés dans la banal', comment c'est loin Paname, elle veut qu'j'l'emmène en balade…*

On va où ? hurle Bak. Je sais pas, dit Samy, on fait un tour et on voit nan ? Et il entame l'itinéraire inconscient des gens amoureux, ponctué des endroits de l'autre, espaces privilégiés de la rencontre qui ne se passe jamais quand on décide qu'elle aura lieu. Le bas de son bâtiment. Le bar où elle boit des cafés. La grille du parc qui protège le banc où elle s'assoit parfois. L'esplanade où elle regarde ses copines danser en groupe, donner des coups de pieds, de tête, et synchroniser le balancement des hanches. Rien. Pas de Lila ce soir. Ça pète les couilles, pense Samy, convaincu par un élan de courage qu'il n'a jamais ressenti auparavant qu'il lui aurait demandé de sortir avec lui, c'est sûr, ce soir.

Il prend la rampe pour accéder au-dessus de la dalle, ralentit à l'entrée de la place et coupe le moteur. Viens on se pose nan, il demande à Bak. Tous les deux descendent du cross et se dirigent vers la fontaine ronde sans eau, en forme de labyrinthe qui s'enfonce dans le sol.

Bak repère deux copines du lycée posées sur les dernières marches, au centre de la spirale. Wesh Sirine, il dit à l'intention de l'une d'entre elles. Elle se retourne, le jauge, sourit et à son tour dit wesh Bak, à l'ancienne. La deuxième demande depuis quand elle sent pas bon. Bak répond mais nan Marjan j'arrive pour toi. Il saute à pieds joints d'un palier à l'autre pour rejoindre les filles et s'assoit sur les genoux de Marjan en l'entourant de ses bras. Elle lance un cri amusé et le repousse.

Il se lève, va s'accroupir à côté de Sirine et lui tend la joue en lui demandant un bisou. C'est mort, elle dit. Bak ajoute qu'il a eu le baccalauréat et mérite récompense. Nan, jure ! dit Sirine, t'as géré, avoue ta mère elle a dansé. Allez vas-y ramène ta tête. Sirine dépose un baiser bruyant sur le front de Bak.

Guettez Samy, on dirait pas un saint-chai pas quoi avec le soleil derrière lui comme ça, on voit même pas son visage, que ses cheveux, dit Marjan en le regardant en contre-plongée, la main en visière au-dessus des yeux. Samy s'est arrêté quelques paliers plus haut et observe Bak évoluer, agile et charismatique. Il essaye d'imprimer, pour se le répéter plus tard, ce qui fonctionne dans l'attitude de son pote et qui déconne dans la sienne. Un côté intelligent, une souplesse dans les mouvements. Puis Bak, il n'hésite pas, il a confiance, beau ou pas beau, comment il est perçu, ce n'est pas son problème, il va, il verra plus tard.

Chut, tu vas me jeter l'œil, dit Samy à Marjan en descendant, épaules désinvoltes. S'il y a bien un truc dont je suis sûr c'est que j'accomplirai jamais de miracle, il rajoute. Marjan ne dit rien – elle est un peu défoncée, le regarde venir vers elle en se demandant comment elle pourrait faire en sorte qu'il lui propose d'aller au ciné ou un truc du genre, puis estime qu'il est temps de lancer un action ou vérité. Bak dit ouuuh, Sirine dit forceuse, Samy, les mains dans les poches de son jean, regarde l'autre côté du labyrinthe, grognon, et ne répond pas. Sirine dit ok c'est qui le plus jeune après moi. Bak dit que c'est Samy. Sirine dit qu'on a le droit à un deuxième tour si la vérité ou l'action fournie n'est pas suffisamment intéressante au premier. Par contre si on a choisi action la première fois il faut choisir vérité ensuite et vice versa. Samy dit qu'il a pas envie de jouer. Sirine dit que c'est pas lui qui décide, que c'est Bak puisqu'il vient d'obtenir un diplôme. Hein Bak ! elle dit. C'est le plus avisé d'entre nous, elle rajoute avec une petite révérence. Bak déclare les jeux ouverts. Sirine lance action ou vérité ?

Le portable de Bak, posé sur une marche, entonne *Une Kalash', ça t'fait danser même si tu sais faire les trucs à Van Damme.*

Vérité, en vrai. Je m'en bats en vrai, dit Samy contrarié.

Marjan essaye d'infiltrer le cerveau de son amie, demande-lui s'il a une go steuplé, vas-y demande-lui ça, demande-lui, une go, demande ça steuplé.

Sirine fait mine qu'elle réfléchit, ses pupilles balayent l'auditoire. Accouche, dit Marjan. Sirine envoie as-tu déjà… dit je t'aime à quelqu'un ? Samy répond bah oui à ma daronne je lui dis tout le temps, elle est niquée ta question. Sirine décrète que si c'est niqué comme question c'est que c'était trop facile donc qu'il faut faire action maintenant. Cheh, dit Bak. Marjan est concentrée sur sa télépathie, de son regard elle cherche celui de Sirine.

Si c'est si facile de dire je t'aime alors… fais une déclaration d'amour à Marjan ! dit Sirine. Marjan pense oh non pas ça.

Samy regarde Bak, alarmé. N'ose pas regarder Marjan. Il rougit ou plutôt il caramélise. Dans sa tête, il sait. Qu'il ne peut rien dire rien. Mais rien. Il ne veut pas vexer Marjan. Mais ne veut rien dire, rien, parce qu'il n'en sait rien. Rien. De comment on fait une déclaration. D'amour ou de revenus, c'est la même. Et puis tout le monde parle. Demain Lila, elle sera au courant, c'est sûr. Ce n'est pas bon pour les affaires.

Je sais pas moi, dit Samy, vous cassez la tête avec vos jeux d'enfants éclatés là. Sirine dit qu'il baltringue. Bak dit vas-y laissez-le. Marjan a atteint un degré conséquent d'embarras. C'est bon c'est gênant, t'es conne ou quoi Sirine avec tes questions, venez on fait un autre jeu, elle dit. Puis elle propose un combat de doigts. Qu'ils se tapent le plus fort possible les bouts des index et majeurs jusqu'à ce que le plus faible cède. Bak dit qu'il est chaud, et tape un coup sec sur les doigts tendus de Sirine. Sirine tape dans l'autre sens. Et ainsi de suite pendant plus d'une minute. Pour son dernier coup – elle en est sûre à quatre-vingt-dix pour cent – Sirine se met debout en équerre pour pouvoir prendre de l'élan. Elle fait partir sa main du plus haut possible et l'abat sur celle de Bak qui lâche un aïe frère ! et se secoue machinalement les doigts. Sirine dit à Marjan de monter le son et démarre une danse de la victoire.

Marjan presse l'un des côtés du portable afin d'augmenter le volume puis, de sa main libre, attrape le menton de Bak afin d'immobiliser son visage devant lequel elle passe l'appareil pour le déverrouiller. Sur youtube, elle tape le titre d'une chanson, Kavir-e Del, et appuie sur la miniature de la vidéo. Sans qu'il comprenne comment elles ont fait pour s'amener si vite, Samy voit débarquer des dizaines de copines de Marjan et Sirine. Elles chantent en yaourt, dansent des pas d'afrobeat en slow motion sur de la folk psychédélique. Debout, Marjan entame des mouvements souples et tape dans ses mains en fusion avec la musique, comme si plus personne n'était là. Samy se trouve con de ne pas l'aimer, il pense un instant à l'inviter à la soirée parking mais se ravise. Quoi faire, il n'a jamais su.

Des cris retentissent au-dessus d'eux et recouvrent les lignes de basse du morceau. On dirait y a embrouille, dit Sirine. Baisse le son vite fait, demande Samy à Marjan. Viens on bouge voir, nan ? il dit à l'intention de Bak. Vas-y, dit Bak, et tous les deux remontent l'escalier du cœur de la fontaine jusqu'à la surface, gravissent les marches trois par trois, se rappelant à une réalité à laquelle ils s'étaient soustraits sans s'en rendre compte.

Bak et Samy poussent à deux la moto. Ils se dirigent vers la pyramide, au pied de laquelle des groupes épars s'agitent violemment. Des gens aux habits colorés et les sempiternels mecs en bleu. On entend des voix, de jeunes hommes, de vieilles femmes, qui s'époumonent. Sur les passages en hauteur qui relient certains bâtiments à d'autres, des silhouettes sombres tentent de distraire la foule à coups de paillettes bruyantes. À leurs balcons, des habitants vident leurs poubelles méthodiquement.

Mais c'est quoi ces histoires de condés, encore.

Quelqu'un gueule quelque part le prénom de Samy. Bak et lui regardent partout sans rien capter. Un autre Samy ! retentit plus fort au-dessus d'eux. Synchronisés, leurs deux visages se hissent à quarante-cinq degrés. Issa est à sa fenêtre, un bras suspendu dans le vide. Allez pas là-bas, il leur dit, c'est bourbier, j'en viens, quand les petits ont commencé à lancer leurs trucs ils m'ont laissé tailler. Y a quoi ? demande Samy. On faisait barbecue comme d'hab mais c'est en train de partir en couilles donc rentrez chez vous. C'est le barbecue où y a mon frère ? demande Samy. Ouais voilà, répond Issa, mais rentre chez toi j'te dis. Oui j'arrive, il dit à l'intention de quelqu'un chez lui. Il se tourne vers l'intérieur pour reparaître aussitôt dans l'encadrure, rentrez chez vous d'accord ? D'accord, disent Bak et Samy en chœur.

Puis Samy dit à Bak viens on y va vite fait nan, pour voir. Bak passe ses jambes d'un côté et de l'autre de la moto et se tracte le plus à l'avant possible. Samy se pose derrière lui et, les bras tendus vers l'arrière, il s'accroche à la bavette. Ils démarrent, s'approchent de quelques mètres du bruit et de la fumée qui progressivement efface la scène – les corps comme le décor, la pyramide. Bak dit gros ça commence à piquer, je vais pas plus loin.

Samy aperçoit à travers les volutes grises le visage de Chérif et ses mains menottées. Leurs regards se croisent. Samy voit les lèvres de son frère bouger. Il n'entend rien mais sait – on sait quand on n'a jamais vécu un jour l'un sans l'autre – ce qu'il dit : toi et Bak, vous bougez, vous rentrez à la maison. Samy dit viens on bouge. Bak fait jouer les gaz et demi-tour. Ils reprennent la rampe pour descendre et, une fois sous la dalle, croisent des voitures de flics qui arrivent en renfort.

Dedans, il y a des mecs qui ont l'air contents d'être là, contents que les collègues aient enfin provoqué un peu d'action, leurs yeux à l'affût rencontrent les leurs. Bak dit oh non et pense, c'est pas notre moto, on a pas de permis, ils kiffent passer du temps avec nous comme des tontons bizarres, vas-y on est morts.

Et, en effet, la suite est connue. Ils prennent la fuite la peur au ventre de se faire serrer et plus grande encore celle de se faire savate par les darons. Ils slaloment, gracieux malgré tout, dans des rues qui les ont vus à tous les âges – les corps petits, les casquettes trop grandes, les sacs à dos avec le prénom dessus et le goûter à l'intérieur, les ballons ronds, les voix qui muent, les fous rires à se casser des côtes, et les rêves d'ailleurs –, se font pourchasser comme des mafieux le coffre rempli de cocaïne dans un drive by à LA, et puis – personne ne saura jamais l'expliquer à celles et ceux qui demanderont pourquoi – Bak et Samy semblent se mettre à exister un peu trop, pour ces hommes qui peinent à les rattraper. Un peu trop fort, un peu trop loin.

Un peu trop, quoi.

Agrippé à la taille de Bak, Samy se retourne pour jeter des coups d'œil. Il entrevoit, malgré les phares qui l'éblouissent, les traînées que la pluie mêlée à la poussière a formées sur le pare-brise de la voiture qui les suit. Et derrière la vitre il discerne, croit discerner, le coin d'une bouche moqueuse, l'éclat d'une pupille dilatée, des visages par fragments émergeant de l'ombre de l'habitacle, sommairement éclairés par les réverbères plantés le long des trottoirs. Et puis il voit, croit voir, des sourcils se froncer, l'adrénaline gonfler les veines d'un bras et au bout de ce bras des doigts, aux jointures blanchies par la préhension, se resserrer autour d'un calibre. Et puis il sait, croit savoir, que c'en est fini d'exister comme ils existent, Bak et lui, là tout de suite : devenus indésirables, à punir ; infiniment de trop. Et il entend, croit entendre, dans son dos qu'on presse une détente et qu'on ouvre le feu. Trois fois, il entend, croit entendre, le feu s'ouvrir.

S'ouvrir le feu.
S'ouvrir le feu.
S'ouvrir le feu.

Une première balle atterrit dans la jambe droite de Bak qui hurle sous l'impact. Une deuxième pénètre l'espace entre l'omoplate gauche et la colonne vertébrale de Samy. Il sent le souffle de la dernière comme un secret au seuil de son oreille, juste avant que tout autour de lui s'assombrisse.

Chérif

Les premiers instants qui suivent la nuit ou le jour durant lequel commence un deuil ont des couleurs qui n'apparaissent qu'à celles et ceux qui pleurent leurs morts. Des couleurs au-dessus des sens. Des couleurs et du goût, une odeur, denses. Quelque chose situé au départ du nez, là où les yeux se touchent presque.

Mes épaules ne portaient aucun disparu prématuré. Je les avais prêtées plusieurs fois, mises à disposition des copines et des copains désormais sans père, sans mère, sans cousin ou cousine. Sans frère ou sœur.

Tous présentaient à peu près les mêmes traits.

Les mêmes traits des premiers instants qui suivent la nuit ou le jour durant lequel commence le deuil. Une capacité élevée à rire nerveusement. Des globes oculaires épuisés et insondables. Une rationalité à toute épreuve. Le futur désormais jugé comme audacieux.

Et puis toutes et tous craquaient dans la semaine qui suivait. Souvent la nuit, durant un apéro. Et, avant l'âge des apéros, pendant un cours à l'école ou simplement pendant le coup de fil du soir pour se raconter ce qu'on a fait durant la journée qu'on a pourtant passée ensemble.

Les premiers instants de la nuit ou du jour durant lequel commence un deuil sont un secret qu'on découvre sans volonté, émergeant des entrailles du vivant. Et on l'apprend avec le temps, d'ailleurs, qu'il ne faut rien creuser. Les premiers jours on reste à la surface et on éponge ce qu'il y a à absorber. On apprend à partager l'oxygène avec celles et ceux dont les poumons sont vides. On apprend à se forcer pour ça. Car la douleur des autres est insupportable.

Et aujourd'hui je l'ai avec moi dans mon estomac, ma douleur lovée dans celle de Chérif, l'envie de vomir ne me quitte plus. Je me suis tapé la tête contre des murs. J'ai beaucoup parlé seul dans les rues, réclamé des comptes, les yeux tournés vers le plafond de ma chambre.

J'ai tellement peur d'aller chez lui, Chérif.

J'ai peur des personnes abattues.

Je suis une personne abattue.

Le fait qu'il n'y ait rien à faire me paralyse. Mais je me force. On apprend à se forcer. Et je sonne. Farès m'ouvre, fatigué mais debout. On se prend dans les bras, il me dit que ça peut pas être possible, que ça s'est pas vraiment passé, que Samy va revenir d'un moment à l'autre. Je ne dis rien, je le serre longtemps.

Chérif est pas là, il est allé voir pour la salle, il me dit. D'accord, je réponds, t'inquiète pas je vais le trouver en bas, c'est sûr. Je repasse bientôt de toute façon. Tu sais qu'on est ensemble ? je demande.

Je vais à la salle polyvalente – personne. Le gardien est en train de fermer. Je vais vers le tabac, le métro, la pyramide, l'épicier, le manège, la fontaine – personne. J'ai l'impression d'entendre des cris très lointains, je me retourne vers le son et j'observe le ciel se dévoiler à mesure que la rue, qui encadre le côté droit de la dalle, plonge au sud vers le parc. Il y a des nuances rougeâtres et grises et noires dans ce bleu profond. Je m'engage sur la route qui longe la place au nord afin d'y chercher Chérif. Il y a quelques voitures à cette heure-ci. Peu. Des moteurs se rapprochent, de plus en plus près, assourdissants, puis de plus en plus loin jusqu'au silence. Et tout continue invariablement d'être normal. Réel. Logique.

Je vais. Je suis sur mon vélo, je fais le tour de la place. Il pleut. Évidemment, il pleut. Du tonnerre, des éclairs dans un ciel d'asphalte, évidemment. Évidemment, il pleut et je suis sur mon vélo. Mon t-shirt blanc. Mon t-shirt blanc qui se détache, cinématographique dans le gris d'asphalte, est trempé. Trempé, évidemment. Dans le gris, sur mon vélo, sous la pluie, mon t-shirt désormais transparent qui laisse voir ma peau. On pourrait croire que je transpire sous l'effort mais non. C'est juste que je suis sur mon vélo et que je fais le tour de la place et qu'il pleut. Évidemment qu'il pleut, qu'il y a un tonnerre antique, des éclairs instagramables, évidemment qu'il pleut. Qu'il y a l'odeur du bitume inondé. Évidemment qu'il pleut. Que j'ai l'impression de pleuvoir moi aussi et que je flippe totalement et crie dans ma tête Chérif ! Je crie dans ma tête. Chérif, je crie à voix haute. Il est où, faut qu'il vive. S'il meurt lui aussi, je peux pas. Je suis terminé, même au soleil.

Je trouve Chérif sur un banc, à l'extérieur de la dalle sur son flanc est. Un banc classique à la tranche en forme de S allongé. Composé de lamelles vertes. Un banc pratique, accueillant, dont l'assise coûte cher les jours d'été.

À quoi penses-tu Chérif, est-ce que tu peux encore penser ? La manière qu'a ton corps d'épouser les fines plaques de fer dit que tu es maintenant en possession de la liberté propre à ceux qui ont un jour craqué. Qu'on a un jour brisés. Mais quelle est ta météo intérieure, mon chéri Chérif ? dirait l'animatrice de nos mercredis petits. Crachin de chauve-souris ? C'est d'un triste ça Chérif ! Raconte-nous quelque chose de joyeux. Nuages thermiques d'obsolescence programmée ? Ce n'est pas ton jour.

Les immeubles semblent démesurément tristes, comme s'ils avaient aspiré l'humeur des habitants de la place. Chérif a l'air tout petit devant ces géants de béton armé.

Il a l'air petit, Chérif le chétif, recroquevillé dans sa peine dont il est pour toujours le seul maître. Peine. Période qui ne possède pas d'instruments de mesure. Ni sablier ni clepsydre ni bougie ni horloge. Personne n'aura l'autorisation de venir s'asseoir et de lui expliquer ce qu'il vit, ni de donner de noms à son épouvante, ni de formes à ses larmes. S'il veut en pleurer des froides, il pleurera des perles de glace, et s'il ne veut pas parler, il ne parlera pas.

Il n'est pas le seul comédien sur les planches, mais son texte ne s'adresse qu'à lui-même. Quand il ouvre son visage pour donner la réplique, ce n'est plus lui, c'est un jumeau décalqué à la va-vite qui s'exprime, à partir de ce qu'il était lorsque tout était avant. C'est une photocopie dont seul le verso semble offrir quelques mots de réconfort avec lesquels on formera une phrase pour rassurer la mère. Qu'elle n'ait pas perdu tous ses enfants dans la bataille.

À quoi penses-tu, Chérif ?

Je ne pense plus. Le volcan sous l'os de mon crâne est entré en éruption. Sa fumée opaque est la seule consistance de ce qu'il reste de moi. Je sens mon corps tout autour, je le sens sous mes doigts, mon toucher est en voyage à des années-lumière de mes synapses. Je ne peux pas respirer, mes poumons c'est un lac gelé, ses bulles d'oxygène sont enfermées dans les profondeurs avant l'arrivée des températures positives.

Et une chanson dans ma tête interroge

If the water should cut my life,
Si l'eau devait interrompre ma vie,

If the water should cut my mind, set me free,
Si l'eau devait faire barrage à mon âme, alors libérez-moi,

I don't care, I want to live in a bathysphere.
Je m'en fous, je veux vivre dans une bathysphère.

Et vivre loin d'aujourd'hui.

Sur le banc, Chérif semble endormi. Je le secoue. Il ouvre un œil puis un deuxième. Il ne dit rien, je ne lui pose pas de question. Je lui file une clope et une canette de coca. Il prend la cigarette, sort un briquet de sa poche qui ne marche pas. Au bout du troisième essai, il le lance de toutes ses forces de l'autre côté de la rue. Le briquet ricoche, léger et futile, puis se soustrait à nos regards dans l'ombre d'un plot abandonné.

Je lui tends le mien et lui demande s'il veut brûler des trucs. Il esquisse un demi-sourire et me dit qu'on brûle des trucs quand on est heureux d'être en vie, et que là c'est pas trop ça, que probablement il brûlera plus jamais rien. Je tente un tu vas quand même pas arrêter de cramer des brochettes. Chérif rit doucement puis répond non, quand même pas.

J'ai la haine, je dis.
Ça sert à rien d'haïr, dit Chérif.

Tu peux marcher ? je demande. Je passe son bras par-dessus mon épaule pour l'aider à se mettre debout. J'ai l'impression qu'il fait vingt-cinq kilos, qu'il est creux à l'intérieur. On clopine à quatre jambes, vers le sud. On arrive devant les façades ternes de l'institution policière. Je lui montre un arbre, juste en face de l'entrée. À son pied, j'ai disposé une dizaine de pots en terre et planté dedans toute la misère dont j'avais, la veille, envisagé qu'elle serait une offrande pour Aïssa.

Entre-temps Samy est mort, et plus tôt dans la journée, sous les nuages et un peu en transe, j'ai voulu mettre ma misère aux coupables.

Je demande à Chérif s'il se souvient que Samy, quand il était petit et nous au début du collège, c'était notre atout séduction avec les filles, qui le trouvaient trop mignon. Grave, répond Chérif, après il a grandi tellement vite, trois étés plus tard c'était un catcheur. Puis il baisse les yeux, pleure, et me dit qu'il ne sait pas comment il est censé vivre. Je lui dis viens gros, on se pète chez moi.

Arrivé là-bas, je lui roule un joint chargé pour qu'il dorme et lui dis de prendre les trucs que lui a filés le médecin. Il fume, prend ses comprimés. S'affale sur mon lit. Je l'enroule dans une couette et mets du son posé. *Petit bob sur la tête, c'est dur de sourire. J'fais pas la fête, le cœur est noir, wAllah j'ai même plus envie de vanner. Mais j'suis confiant, toi-même tu sais, j'suis l'plus déterminé des enfoirés.*

Moi, je fume des clopes toute la nuit à ma fenêtre jusqu'à ce que le jour se lève. Je pense à pas mal de trucs. En boucle. Furieux. Je fume, je me flingue la gorge. Avaler ma salive devient une épreuve.

Je suis pas mal énervé.

Je suis pas mal énervé parce que, vu le nombre de potes à nous qu'on a récupérés dans des états sombres à la sortie de nos trop nombreuses gardes à vue, je savais qu'un jour ça irait plus loin qu'une gueule en sang. Qu'on finirait par perdre quelqu'un dans cette bataille qui n'est même pas la nôtre. Une bataille à laquelle on n'a jamais pigé grand-chose. On savait qu'on perdrait quelqu'un, simplement on ne savait ni qui ni quand. On savait juste qu'il s'agirait de celui de trop.

Déjà ça avait bien pué quelques semaines plus tôt quand on avait rattrapé Issa à sa sortie du poste. Je me répète en boucle. En boucle que d'habitude on reste calme face à eux, on ne fait pas de vagues. Peut-être que c'est pour ça qu'ils reviennent tout le temps, d'ailleurs, pour nous avoir à l'usure. Qu'on finisse par craquer. Vingt-quatre heures avant, c'était la troisième fois de la journée qu'Issa se faisait contrôler. Il venait de ressortir de chez lui après être rentré du taff. Il était avec sa mère pour l'aider à faire les courses mais l'avait laissée prendre de l'avance pour checker des potes vite fait. Une voiture bleue s'était arrêtée à leur hauteur pour vérifier leurs identités qu'à force elle connaissait bien mieux que nous.

Vérifier.

Numéro de la carte d'identité ; nom et prénoms ; genre assigné à la naissance ; date et lieu de ladite naissance ; le sigle RF qui balafre la photo du visage ; taille ; signature ; et puis des trucs en bas de type :

IDFRAD****O «««««««««««<75K001
140275K001683ISSA ««««««9812164M9

Puis l'adresse ; date de validité ; date de livraison ; l'antenne de police à l'origine de la livraison ; l'autorité du Préfet et par délégation Le Directeur de la Police Générale ; signature de celui-ci.

Ça me fume quand j'y pense. Que jusque sur ma carte d'identité, y a la signature d'un keuf.

Les gars avaient tendu leurs papiers sans rechigner, sauf Issa qui s'était permis de leur dire que c'était la troisième fois, que ça commençait à fatiguer un peu, qu'il y avait cent douze personnes autour mais que bizarrement c'était encore sur eux qu'ils s'étaient focal direct, que c'était assez maintenant, qu'ils avaient envie de pouvoir discuter en paix wesh.

Les agents ça ne leur avait pas plu qu'il veuille entamer un dialogue. Comme d'hab. Ils avaient corsé l'intervention en lui demandant de se mettre à l'écart pour qu'ils puissent procéder à une fouille. Comme d'hab. Issa, il avait dit c'est mort. Pas comme d'hab. Et le vrai problème c'est qu'il avait rajouté, tout de suite après c'est mort, vous cassez les couilles. Un des agents avait direct dégainé sa télécommande de PV électroniques et dit un truc à l'oreille de son collègue, du style ils nous facilitent la tâche aujourd'hui décidément, puis à l'intention d'Issa, ça va être un outrage monsieur. Issa qui n'arrivait plus à se contenir avait demandé de quel outrage on parlait. Et l'agent avait répondu qu'insulter des agents c'est pas admissible, c'est pas respectueux de traiter un agent de casse-couilles alors qu'il est dans l'exercice de ses fonctions. Bah allez-y, mais comptez pas sur mes billets, avait dit Issa, j'ai juré vous forcez avec vos amendes, tout le temps des amendes, tout le temps les mêmes amendes, des amendes pour tapage, des amendes pour jet de liquide insalubre chai pas quoi, vous êtes même pas créatifs, des fois on reçoit des amendes on était même pas dans la rue ce jour-là, une fois j'ai reçu une amende, j'étais en vacances la vie d'ma mère, une fois j'ai reçu une amende, wAllah j'étais déjà en garde à vue les frères, c'est quoi ça ? c'est bon vous aussi, vous allez pas me dire que là, maintenant, vous constatez quelque chose de grave qu'on est en train de faire ? bah voilà forcez pas alors. Issa avait continué à hausser le ton en leur demandant pourquoi ils avaient jamais rien à faire d'autre, que c'était un truc de fou comme ils avaient rien à faire d'autre, que c'était chaud, que ça faisait pitié un peu de les voir avoir rien à faire, jamais rien à faire d'autre, comme là, comme aujourd'hui, qu'il y avait des femmes qui se faisaient violer dans le plus grand des calmes en ce moment même partout dans Paname mais que leur priorité c'était de les contrôler eux, les noirs et les arabes de cité. Il avait rajouté, bravo vous faites un bête de métier messieurs, franchement.

Des gens, des passants, dévisageaient les gars, des sacs de courses aux bras, le menton fraîchement rasé, des baskets blanches au cuir encore ferme. Issa ça l'avait rendu ouf, il avait fini par leur crier alors les blancs on aime les loyers pas chers et profiter du spectacle des noirs qu'on ratisse au loin. L'agent, il n'avait pas du tout apprécié l'intervention, il avait aussitôt dit qu'apparemment ils avaient affaire à un excité et que le mieux serait alors de faire la vérification calmement au commissariat de secteur. Issa, il avait dit vous savez quoi, embarquez-moi de fou, ce comico vous m'avez tellement emmené là-bas c'est comme si c'était chez moi t'façon, c'est bon en fait, venez on y va, vous faites ce que vous avez à faire et moi je repars dormir d'ici quelques heures.

Une fois au poste ça n'avait pas traîné à s'envenimer. Ils avaient vérifié son identité numériquement, et parmi les dossiers relatifs aux nombreux PV qu'on collectionnait tous ils avaient trouvé le nom de sa mère et fanfaronné des menaces l'impliquant. On va la défoncer, je suis sûr qu'elle aime ça le cul, les noires aiment toutes ça, ils avaient dit. Après, ce qu'il nous a raconté c'est chaud de le dire de nouveau. Il était totalement parti en vrille devant ce tableau d'insultes et les agents avaient démarré leur mission officieuse. Déshumaniser en cognant des gueules avec moins de respect qu'on cogne un sac de frappe dans un club de boxe. Ils avaient cogné tellement fort qu'il en avait perdu connaissance à plusieurs reprises, qu'il en avait eu une côte cassée. Ils lui avaient mis quelques coups dans la tête, pas trop pour éviter les marques, et surtout dans le torse et le mou du ventre. Une trentaine de coups peut-être, il avait renoncé à tenir les comptes. Une trentaine de coups. Minimum. Les gars s'étaient fait un festin.

Quand on l'a récupéré, Issa, il avait les deux yeux tuméfiés et ses pupilles, saisies d'une crise de tics, partaient invariablement au-dessus de lui. Mais surtout.

Surtout. Outre ses paupières gonflées, ecchymosées d'avoir été cognées et cognées, c'étaient ses cheveux. Ses tresses collées étaient défaites par endroits. On l'y avait empoigné. Ses cheveux, joliment tressés, pris dans les poings d'une haine pure. Brouillonnes, désormais, ses tresses. Mousseuses sur le dessus. Désordonnées, elles qui d'habitude conféraient à son crâne sa meilleure allure, sa plus belle prestance. Défaites les tresses, détressées par endroits. Devenues mousseuses, en signe de défaite. Devenues touffues parce qu'on avait tiré dessus, on s'y était accroché. Malgré leur parfaite manufacture, leur parfait alignement, leur dessin subtil, malgré l'amour que la tantine appelée pour ça avait porté à son ouvrage, liant les brins de chevelure les uns avec les autres, les serrant entre eux, les tresses avaient cédé. La noirceur en Issa, cheveux, peau, profondeur d'âme et sa beauté ont capitulé ce soir-là. Les cheveux décoiffés, c'est une partie de la dignité qui dégage.

Déjà ça puait la mort. C'était juste avant Samy, ça puait la mort, la fin, la moisissure, quelque chose qu'il faut jeter. Ça m'avait foutu un sérieux coup. Et en boucle j'étais depuis, et je suis frénétiquement. Faut pas arracher les cheveux des noirs. Faut pas faire baisser les caleçons, faut nous croire quand on dit qu'on est nous-mêmes et pas grand-chose d'autre de plus que sur une carte d'identité. Faut pas nous plier, faut pas nous plier, faut pas nous pourchasser, arrêtez de nous faire courir, faut pas nous tabasser, nous violer, nous flinguer. Faut arrêter s'il vous plaît. On est blasés. C'est une manière d'exprimer la peur.

On s'ressemble tous avec une cagoule,
Sapés tout en noir en ville.

Garages

Ça fait un moment que je patiente devant le petit lotissement de crépi blanc des parents de Lionel, un pote à nous du collège. Le genre de renoi peau claire yeux verts qui vit en zone pavillonnaire avec une chambre solo qui lui permet de serrer à tout-va. Mais qui galère comme nous pour trouver du taff, faut pas déconner.

Sa baraque est à quelques kilomètres au nord de chez nous, et un peu plus loin encore on trouve carrément des coins qui ressemblent à la campagne. On peut y aller en bus mais moi j'ai pris la voiture. Je ne manque jamais la moindre occase de faire ricocher mon meilleur son sur les parois d'un habitacle.

Je tape sur la tôle du garage. Pas de réponse.

Les grosses basses à l'intérieur couvrent toutes mes tentatives pour me faire entendre. Je fouille mes poches à la recherche de mon portable. Il est dans ma sacoche. Je passe mes doigts sur les petites épaisseurs censées aider à reconnaître les touches. J'ai perdu mon tactile. J'utilise un petit, un de dealos, pour remplacer, en attendant.

Dernier appel, Lionel. J'appuie sur la touche centrale, ça surligne son prénom. J'appuie de nouveau. Ça sonne tranquillement. Il décroche. Poto, j'suis devant ça fait depuis, je lui dis. Dedans ça baisse le son, j'entends maintenant distinctement les rires, conséquence possible du shit dont on respire les effluves jusqu'ici. Quand il fait coulisser la porte, des tentacules gris s'échappent, restent quelques secondes en suspension dans l'air puis finissent par se volatiliser dans un rayon de soleil. À l'intérieur, on ne voit pas grand-chose, des néons éclairent pourtant la pièce sans fenêtre.

Ça s'est posé Kingston ou quoi, je demande à la ronde. Lionel répond en ricanant. Au calme, je dis et je tape ma main dans toutes celles que j'arrive à distinguer. Il y a bien six, sept bougs posés en rang d'oignons sur un vieux canapé, je n'en connais aucun, ça doit être des collègues à lui de son alternance ou des soces de la mercatique.

Au fond, en train de s'affairer, il y a les petits que je viens chercher. Ils squattent ici parce qu'ils savent très bien qu'un garage de famille contient tout le matériel permettant, une fois détourné, de commettre d'anonymes et flamboyants méfaits.

Concentrée sur son ouvrage, une des têtes me raconte qu'ils n'ont rien eu besoin d'acheter. Il y avait les torchons à la daronne qui traînaient dans le sèche-linge, l'essence à Lionel de quand il répare les motos canées, et dans les restes de la soirée des grands, hier, on a trouvé des bouteilles vides sans problème. Des moyennes et des petites. On va tester les deux.

Je m'approche du groupe et regarde par-dessus l'épaule de Jihed, un petit roux bouclé. Effectue le constat d'avancement de leurs travaux. Leur cadence est infernale. Je leur dis d'y aller mollo quand même. Car les garçons en général aiment deux choses : faire bouger des trucs dans la nature avec des bâtons en bois, faire brûler d'autres trucs et inventorier les substances les plus inflammables. C'est bien la dernière qui m'inquiète. Il ne faudrait pas qu'ils se foutent dans la merde pour une tendance pyromane. Mais en vrai je sais. Je sais que leur colère à eux ne se canalise que dans l'action. Plus vieux, ils ressentiront sûrement différemment le goût des atrocités, ils apprendront à redescendre, probablement. Probablement, mais je ne suis personne pour dire ni même pour savoir s'il s'agira d'une bonne chose.

Pour l'heure alors, il y a juste à veiller à ce qu'ils ne partent pas trop en couilles. À s'asseoir et les regarder développer leur génie artificier.

Dans un coin, l'un d'eux foule des pieds des balles de ping-pong comme du raisin à une autre époque. Vas-y filme, filme, filme, braille un autre aux cheveux défrisés à l'intention d'un troisième muni d'un portable.

Arrête de filmer, je dis avec ma main prête à s'abattre en calotte sur n'importe laquelle de leurs têtes.

Du côté intérieur du talon ils se font des petites passes maîtrisées avec une balle restée intacte. Quelques jongles aussi. Une, bien haute, lui fait même toucher le plafond. Sous les impacts répétés des semelles de basket, la balle finit par se fendiller. Ouvre plus de paquets ! hurle une coupe dégradée à une deuxième. Le compère s'exécute. Pas le plus minutieux d'entre tous. À force d'être tiré brutalement sur ses deux faces, le sachet plastique cède d'un seul coup. Les petites sphères de couleur libérées ricochent dans l'espace enfumé qu'elles semblent vouloir explorer intégralement. Plafond, mur, sol. Elles visitent de leur poc-poc délicat. Purée Abdou, toi aussi là ! Va les récupérer ! dit le premier. Abdou part à la pêche. Son corps disparaît derrière un meuble à étagères sur lesquelles sont empilés, en bordel, toutes sortes d'outils de daron. Quelques minutes plus tard, les traits enfantins de son visage émergent de la fumée blanche dont j'ai l'impression qu'elle occupe maintenant chacun des mètres cubes du garage. Putain les gars, vous voulez pas aérer ? Je vais pas les rendre tout foncedés à leurs daronnes, respectez un peu ! je gueule aux plus grands. Laisses-en quelques-unes pour les petites sœurs de Lionel, elles auront plus rien pour jouer sinon, je dis à Abdou. Il me regarde d'un air entendu, les mains serrées sur les bords de son t-shirt qu'il a relevés pour y recueillir les balles envolées.

J'avais dit qu'il fallait faire avec du recyclage, dit Abdou, 'tain, ça fait une semaine que j'ai demandé aux gens de ma classe de me ramener des rouleaux de PQ pour R, il lance agacé. Apaise-toi Abdou, je lui dis, t'inquiète pas gros, ceux de la place, ils sont en train d'élaborer des recettes raffinées. À base de trois quatre ingrédients dans l'chaudron, t'as capté ? Tes rouleaux, c'est à eux que je les ai confiés.

Au bout d'une petite heure, les garçons déjà bien excités commencent à s'agiter franchement. Je leur demande s'ils ont des vers. Ils me regardent comme si j'avais parlé en ancien français. Pour me justifier, je leur dis que c'est ma mère qui nous disait tout le temps ça quand on tenait pas en place, petits. Et je me fais la promesse de lui demander plus tard ce qu'elle-même voulait dire par là. Ils me lancent allez l'ancien, viens on va jouer dehors.

À travers les bois dont les premières herbes poussent à une centaine de mètres derrière chez Lionel, on forme une petite chenille. Des segments lumineux zèbrent le sol, dessinés par l'espace que se laissent entre elles les ramures de chaque arbre. Devant moi, deux des petits chantonnent en chœur un refrain dont ils connaissent tous les mots *J'suis choqué, j'suis choqué, j'suis choqué, histoire de lova, histoire de lova…* Derrière, quatre autres trimbalent, lovés dans leurs bras frêles, les outils élaborés plus tôt, trébuchant parfois sur des racines qui ressortent de la terre. Y a qui là-bas ? ça demande dans mon dos. Je dis que je sais pas, qu'il y a surtout des grands. Puis je rajoute qu'avec leur manie à eux, les petits, de venir partout où ils sont pas invités ça m'étonnerait même pas qu'ils y retrouvent leurs équipes au complet.

Moi j'ai dit à personne, j'entends chuchoter une nuque.

Au bout d'un quart d'heure de marche, on commence à voir le ciel s'agrandir à l'endroit d'une clairière, à entendre des rumeurs de conversations et sentir le charbon s'empourprer.

Je m'oriente à l'œil, à l'oreille, au nez. Toujours. Nique sa mère la cartographie.

T'es sûr que c'est par là ?

Sûr.

Quand on arrive, des coffres de voitures sont ouverts. Ils laissent se déverser les boum de leurs caissons de basse sur le carré de la clairière. L'odeur braisée de la merguez dont le gras coule à travers la grille du barbecue habite l'espace comme s'il était clos. Les gouttes d'huile sifflent en atteignant les morceaux de bois rougis. Les conducteurs et passagers sont postés autour du gril, assis sur les capots ou sur des chaises de camping. Certains sont posés dans leur gova, une jambe pliée à l'intérieur, l'autre à l'extérieur.

On ne voit pas le lac, pourtant situé à quelques mètres, mais l'humidité qu'il dégage colle à l'épiderme et fait prendre à la chaleur une tournure tropicale.

Les petits ont retrouvé des collègues à eux à qui ils font l'article de ce qui a été réalisé durant l'après-midi. De comment ça fonctionne. De ce que ça va produire – enfin normalement. Mais surtout, de comment ça a été façonné. Façonné avec amour, selon les règles de l'art.

Et, d'un seul coup, une brûlure aveuglante déchire le jour, faisant sursauter les équipes d'un petit bond machinal. Comme si les corps l'avaient décidé sans les têtes qui les surmontent. Des flammes atteignent plusieurs mètres durant quelques secondes avant de se replier sur elles-mêmes, concentrées. Quelques petits dansent autour. Leurs êtres fluets sont secoués par des tambours synthétiques. Des voitures, la musique pète. C'est de la grosse trap floridienne.

Formés en cercle, les garçons fomentent des essais, émettent des hypothèses, écrivent en chœur le déroulé de leurs prochaines actions à partir du petit chaos nocturne qu'ils ont envoyé ces derniers jours. Et dont ils envisagent avec sérieux la tenue du match retour, ce soir peut-être, ou demain, dans dix jours qui sait. Sûrement dès le moment où tout le monde les pensera calmés, d'ailleurs. Le secret c'est de garder le secret. L'autre secret, c'est qu'il n'y a pas de secret, le bordel il arrive quand il arrive. Pour l'heure, alors, je les écoute se poser des questions logistiques – on commence par quoi, on finit par quoi, et si ça marche pas qu'est-ce qu'on fait ? –, je surveille leurs tentatives en terrain neutre. Certains, un peu à l'écart, réparent sur place ce qui ne fonctionne pas. Au talent précoce. D'autres encore travaillent à de nouvelles expérimentations. Ils ont treize, quinze, seize ans, ils sont des ouvriers de la débrouille comme seuls en produisent les quartiers pauvres.

Un petit tient un briquet dans une main et dans l'autre un genre de maquette de soucoupe volante en aluminium. Autour de lui, ça envoie des vas-y, vas-y, vas-y, allume, allume, allume, quasi en phase avec des lâche, lâche, lâche !

Alors, de sa main droite il y va, allume, et de la gauche il lâche.

Des volutes de fumée se déploient dans l'air lourd, sans courant, recouvrent les herbes et les arbres dans une lente procession.

Occultent les êtres humains.

Précieux tumultes.

On sentirait presque les pigments fondus dans l'odeur du celluloïd qui prend feu.

Face au ballet de particules.

Les petits font oh. Les grands font oh.

On a réussi, dit l'un des garçons.

Parking

Les merguez sont avalées, les expérimentations concluantes – en témoignent la clairière, ses herbes carbonisées par endroits –, les petits semblent rassasiés pour quelques heures. Quelques jours même, qui sait.

Alors je décide qu'il est temps de rentrer. En bordure de bois, j'ouvre d'un bip ma voiture et les fais s'y entasser. Abdou partage la place de devant avec Jihed. Il me demande s'il peut mettre du son. Je lui dis mets-toi bien. La radio diffuse un air sur lequel ils se mettent à chanter, de leurs voix muées, ce qu'ils connaissent du texte. Parfois en solo, parfois à l'unisson quand la punchline est particulièrement soignée. Mis bout à bout, on est quasi sur du par cœur collectif. *Elle veut le buzz, l'argent du buzz, l'argent du boss, elle veut ma sacem !*

Je dépose les petits en bas de leurs immeubles et les regarde monter en sachant très bien que tous redescendront faire leurs bêtises dès que j'aurai redémarré. Pas grave, on ne peut pas tout contrôler. On ne doit pas tout contrôler. Y aura bien des anciens pour leur dire de rentrer si ça part dans tous les sens.

Je gare ma caisse, coupe le moteur et reste quelques minutes à regarder le vide par l'écran du pare-brise. Je dois descendre au-dessous, dans le parking souterrain. Où plus personne vraiment n'entrepose de véhicule. Dans ma tête, je fais le trajet jusqu'à l'entrée. Je sais que tout sera encore là.

Le terrain d'aventures. La végétation à qui les jours sont comptés, le trou dans la clôture, la porte rouillée.

Ça me fait drôle. La dernière fois que j'ai emprunté ce chemin, ces marches de béton, que j'ai dansé sous le sol, Samy vivait.

Et il y aura encore une fête ce soir.

Il y a toujours une fête le vendredi soir.

Et des petits matins qui suivent et n'en sont pas pour tous.

Car certaines soirées exigent d'être répétées. On les orchestre à l'avance afin d'en mémoriser le déroulement. Certaines soirées exigent d'être répétées car elles ne se sont pas bien terminées la première fois.

Au-dessous, des centaines de mètres carrés s'étalent au sol autour de mon ombre projetée par l'éclairage au néon dans mon dos.

Comme tout à l'heure dans la clairière, de grosses basses réverbérées imposent un rythme à l'espace vide, lui donnent un ton et une histoire. J'entends quelques voix aussi, des discussions. Une dizaine de personnes doivent être sur les lieux, pas plus. Les angles morts formés par les cloisons qui délimitent des groupes d'emplacements numérotés empêchent de compter vraiment.

Je marche sans trop savoir où je vais. Nil doit venir me chercher. Dans un coin du dédale, je retrouve la scène sur laquelle jouait le DJ le soir de la mort de Samy. Les basses viennent de là. Dessus, un peu de matos est encore installé. Un mec tourne les boutons d'une table de mixage mais je ne repère aucun changement dans le son. Une voix puissante se met à chanter par-dessus. *You got to show me love.* Ça m'attaque l'intérieur. Les notes produites sont comme des cordes grattées dans sa gorge. Des petits flocons sur un beat électronique sec.

C'est de la house garage dans un parking, me glisse Nil dans l'oreille. Je me retourne, il a l'air assez fier de sa blague à la con. Je recule d'un pas pour le regarder en entier. Ça faisait un moment qu'on ne s'était pas captés. Il est toujours lui-même. On se tape dans le dos. Ça fait plaisir de le voir.

Nil, c'est une de ces personnes originales que le monde a pourtant toujours connues. Il y a des versions de lui à toutes les époques. En chemise à jabot déchirée ou drapé dans une toge ras la teub. Le Nil qui est mon ami est une variation contemporaine de l'extravagance. Un mec long et sec. Un peu ésotérique. Un bonnet porté au sommet du crâne, de l'hiver à l'été. Sur le nez, des verres ronds et gris jour comme nuit. Il possède de grandes compétences pour foutre le zbeul, mais des zbeuls carrés. Alors là tout de suite c'est l'homme de la situation, il invente, élabore, organise, là où moi je n'arrive même plus à penser.

Astro, il me dit en traînant le o, viens, je te montre où j'ai fait mon atelier.

Nil a étudié la chaudronnerie après le collège. À la base, comme la plupart des gars orientés au hasard, il se demandait ce qu'il allait bien pouvoir foutre avec un chaudron. Puis il a trouvé un apprentissage dans les hauteurs suisses auprès d'un chaudronnier moustachu devenu son maître à penser. Un chaudronnier qui fabrique vraiment des chaudrons. Là-haut, le vieil homme lui a appris que tout incident crée du savoir. En d'autres termes, qu'il est intéressant de continuer de vivre même après un drame. Pour voir où ça va. Savoir quoi. Et aussi, que plus tu rates plus tu réussis. Enfin, ce sont les interprétations que j'ai tirées de ses récits de montagne. Les cimes, les chalets enneigés, ennuagés, les jours où tu ne vois plus ni le dessous ni le dessus de la pente mais tout à l'envers ont perché Nil à tout jamais.

Puis il a monté un atelier clandestin dans le parking, dont il se fait virer plusieurs fois par an. Et où il revient invariablement, comme une hirondelle forceuse. Il y pratique des recettes qui suivent la courbe de ses obsessions ou il bricole des trucs pour rendre des services, comme aujourd'hui. Sinon, il fabrique des chaudrons. À la suisse, donc. Il les vend dans le monde entier à des montagnards, des apprenties wiccanes ou à des bourges en quête d'une déco atypique.

Tu veux du champagne ? il me demande, une fois arrivé dans le coin où il s'est installé. J'ai vendu trois pièces le mois dernier, je suis refait à neuf, il dit. Il me sert le champagne dans une timbale métallique orangée. Tu kiffes n'est-ce pas, il dit, la tasse I mean, je t'en ferai une pour ton b-day, c'est quand déjà ? le cuivre y a que ça de vrai poto, t'as tout qui part d'une feuille plate, tu la fais chauffer, tu la bastonnes pour lui donner une forme. Il tape des poings dans l'air. À la fin t'as un récipient, il rajoute, un truc rond qui conduit la chaleur et l'électricité, ça éloigne les parasites de fou, une matrice quoi, paaah mais ça c'est tellement mon del' la chaleur de la matrice, *I am gettin' so hot, I wanna take my clothes off*, il chantonne d'une voix aiguë en passant les mains sur son torse.

Il me montre son établi, son matériel. Pas grand-chose en somme. Un foyer, un tuyau d'arrosage raccordé, un chalumeau, un casque de protection sonore pour les plusieurs milliers de coups de marteau quotidiens.

Les chocs quand je tape contre le cuivre, il me dit, c'est la même que ceux de la techno contre mon lobe frontal, c'est les points cardinaux de ma psyché ma gueule. Additionne tous les coups, ça donne mes pulsations cardiaques combinées aux tiennes. Je t'ai pas montré ce que j'ai fait avec Demba et Lionel, look look look ! il dit en me tendant une espèce de cylindre en bronze. On est en train d'upgrader une moto mon pote. On va te madmaxer tout ça dans les règles de l'art, pouloulou ! il s'excite en faisant de la batterie avec ses index.

J'ai aussi chaudronné des cloches, tu veux voir ? Tu veux entendre ? Vas-y pose-toi deux minutes. Il me montre un fauteuil de bureau au milieu de tout un fatras de planches et de tréteaux. Je m'étonne de voir qu'il a encore ses cinq roues. Je m'y assois, fais glisser mes pieds de gauche à droite et vice versa, histoire de vérifier que ça roule.

D'un geste théâtral Nil m'indique l'endroit où il faut regarder puis retire gracieusement un drap blanc pour révéler ce qu'il cache : trois énormes cloches noires sont suspendues par ordre de taille sur un portant de fer. T'as cinq minutes ? Je t'en joue vite fait ! il dit et il se saisit d'un bâton de bois clair dont le bout est renforcé de bandes de caoutchouc brun. Il tape un grand coup sur chaque objet.

Trois folles détonations se produisent, occupent l'air de longues secondes, du sol jusqu'au plafond. Elles me font vibrer l'âme comme la voix sur le son de tout à l'heure. *You got to show me love.*

Un creux dans mes ventricules s'agrandit : l'éternelle place pour Samy dans le cœur d'Astro. Un rien me secoue ces jours-ci, pourrait me rendre dingue de tristesse.

Je lui dis que je trouve ça fort. Il me remercie.

Autrement vous en êtes où ? je demande.

Les gars sont arrivés ce matin, me répond Nil, on a bu cinq bouteilles de champ' et on a vu direct la diff – j'te le dis tout net : quand tu bois quali, tu peux bosser en même temps, en vrai j'ai juré tu restes lucide. Je lui fous une tape dans le dos pour tester sa lucidité, créant un léger séisme sur sa longue ossature. Il se met à trembloter, pas en mode malade mais plutôt jouasse d'émulation.

Je termine mon verre d'une gorgée.

Depuis l'aube, ils peaufinent les finitions, mais ça fait plusieurs jours que l'équipe taffe fort apparemment, encouragée par des mix de mille heures de techno sur youtube. De Juan Atkins jusqu'à Sven Väth. Et Nil dit que, pour qui prête une oreille attentive au son de Detroit, il est possible d'entendre des dos se rompre au labeur dans les usines automobiles, des ouvriers perdre toit, femme et descendance, des quartiers devenir fantômes, qu'écouter ça l'aide à relativiser quand il charbonne dur, que le son de Detroit il a rien à voir avec celui de Berlin, industriel aussi mais à un autre endroit, peut-être plus joyeux quand même, il sait pas, mais que dans tous les cas techno music is black music, faut jamais oublier ça. Et le son de l'Angleterre ? je demande – en anticipant que son opinion sera farfelue. Nil répond que le son UK c'est une boucle sans fin d'Hallelujah des Happy Mondays. La version club.

Nil m'explique qu'ils ont d'abord fabriqué du charbon dans un gros chaudron suspendu en dessous de la pyramide, pour tirer bénéfice de l'énergie trinitaire de l'emplacement – et aussi pour pouvoir profiter de sa sortie en cas d'intrusion des gens en bleu. Ils ont ensuite réduit le charbon en miettes à l'aide d'un pilon géant, administré le même sort à des cristaux de nitrate de potassium, mélangé les deux substances à du soufre et ainsi réalisé ce qu'on appelle la poudre noire.

En fait, ça fait deux molécules de nitrate de potassium KNO_3, un atome de soufre S, trois atomes de carbone CO_2, soit respectivement des parts de 77, 16 et 7 % ; c'est l'investissement de chacune dans ce trouple explosif, dit Nil en tapotant du bout de l'index les cases colorées d'un tableau périodique imprimé au dos d'un brouillon froissé.

Dit comme ça, il dit, ça a l'air bordélique, mais t'inquiète on reste carré. Le plus délicat mon gars, c'est de bien sentir sa marmite : faut entretenir un feeling, une relation avec le récipient. C'est ça qui va créer de bonnes apparitions, les bonnes disparitions aussi, le bon bouleversement. Il m'explique que tout ça fonctionne comme un ventre de maman. Et qu'il a d'ailleurs baptisé l'un de ses chaudrons du prénom de la sienne. Et puis c'est avec une marmite et des flammes qu'on a toujours fait à bouffer, il dit. Quand tu brûles tu cuis, tu transformes, on est tous des chefs cuisto ici-bas, on transforme, on révolutionne, eh ouais mon gars.

Il rigole puis se met à danser sur place.

On va chasser les mauvaises vibes du quartier, il dit, t'inquiète même pas, j'ai tout multiplié par trois. Les quantités. Les cavités. J'ai pris trois marmites qui reposent sur trois pieds chacune. Il sort un mouchoir en tissu de la poche de sa chemise en jean, trop grande pour lui, et essuie délicatement une coulure sur la paroi bombée d'un des récipients.

Trois, il reprend, un pour la fille vénère, un pour la femme militante et un pour la dame sage du monde du dessous. Et le feu c'est triangulaire aussi, t'as capté ! les cours de physique-chimie à l'ancienne, tout ça. Y avait pas que des conneries là-dedans. TOUT, VA, PAR, TROIS ! il scande, c'est l'énergie d'activation, ça veut dire une mèche et une étincelle quoi, qui viennent chatouiller le comburant qui lui-même va chatouiller le combustible et badaboum ! Nil fait en claquant dans ses mains.

Tout va par trois, il répète encore, le ciel, les nuages, le soleil. La pluie, la brume, la glace. Les sous-sols, les sols, les toits. C'est un cycle. Tu montes par l'ascenseur. Tu vas jusqu'au dernier étage. Tu redescends par les escaliers. Tu transites par un floor ou un corridor.

On est tout le temps en transition gros. Tu es en transition, je suis en transition. Et là on transitionne, Astro. Écoute le gros son. Tap tap tap tap ! il fait en bougeant sa tête en rythme, les bras en croix, fléchissant chaque genou. Nous parvient de la scène plus loin un essaim de particules numériques et de nappes de flûte de Pan.

Puis Nil dit que chaque fois.
Chaque fois que je me situe,
Entre deux de mes respirations,
Ce creux me rapproche de la mort.
J'entrevois un bout de l'autre monde.
J'entrevois là où rien ne tourne,
Comme un disque sur sa platine.
Où pourtant, temps est circulaire.

Un essaim de particules numériques et de nappes de flûte de Pan. Je ne cherche plus à donner son sens aux choses.

Lui et moi marchons à présent dans l'obscurité vers une sorte de carré blanc sur fond blanc. C'est un paravent.

Derrière je découvre, agglutinées autour d'une table à rallonge, d'autres variations contemporaines de Nil, toutes courbées, le regard tourné vers l'écran d'un ordinateur portable sur lequel un tout petit Jeff Mills s'agite comme un insecte derrière ses platines. Trois heures de set énervé à Chicago.

Je dis bonjour. J'entends t'as vu on a fait les artisans, on a tout fabriqué à la mano, on a pas sorti de CB. Nil rajoute que moins de traces il demeure, plus de surprises il se produit, moins d'intrusion du gris-rose dans les uniformes bleu marine débouche sur plus de paillettes qu'on commet dans le jour qui se lève.

On m'indique que toutes sortes de tests ont été réalisés ces trois derniers jours, pour le final, dans des machines à laver récupérées aux encombrants.

Je tape dans quelques mains pour saluer ceux que je n'avais pas encore vus. On me demande si je veux tirer, je réponds nan merci ça m'a jamais fait grand-chose. Les gars ouvrent de grands yeux. Fais pas le boug au-dessus de tout, on me dit, tu veux rouler un pers ? Même pas, c'est gentil, je réponds, franchement à part fumer sur un bang j'ai tout essayé je crois, vraiment ça me fait rien. T'as jamais fumé sur un bang ? Nil s'exclame. Eh, les gars ! Astro, il a jamais fumé sur un bang, bolos. À son âge. Faites-lui-en un mdr, il insiste.

Et je n'ai pas le temps ne serait-ce que de penser à une phrase de négation qu'une bouteille de coca arrive sur la table. Que des verres sont servis afin de la vider. Qu'on me demande si j'ai pas un bic. Que Nil m'en arrache un de force dans le fond de ma sacoche en hurlant je sais que t'écris des poèmes d'amour au lever du jour vicos. Qu'un marqueur est disséqué. Qu'on fait des trous au briquet dans du plastique. Que je me retrouve avec le goulot sous le nez.

Et les gars de chaque côté : fume, fume, fume, fume.

Et ils me mettent la pression ces bâtards alors je fume. Mon corps et ma tête se séparent. Je vois mon bras droit tendre le bang au camarade le plus proche et celui de Nil en interrompre la trajectoire pour s'emparer du produit. Il prend une gigantesque goulée et continue de déblatérer, de la fumée plein la bouche. Le pire c'est qu'on comprend ce qu'il raconte. Il demande à ce qu'on m'apporte la fine fleur du fait maison. Et devant moi surgit une mallette noire.

Vas-y ouvre, il dit.

Dedans, un festival de boutons sur lesquels appuyer, d'entremêlement de fils fluo, de veilleuses en alerte.

D'habitude j'aime entendre des boucles faites avec du son, dit Nil, l'œuvre découpée en toutes petites séquences. Là on va faire la même mais avec des bouts de lumière. On va créer de la fiction éphémère mon gars. On va fractionner le temps, paisiblement.

Bordel t'es doué gros, je lui fais. Mais non, il dit, tu te rappelles les porte-clefs lumineux en cours de technologie à l'ancienne, tout ça ? Bah c'est le même process, en scred. Plus élaboré juste. En vrai dans la vie, si tu veux être flamboyant, t'as pas besoin de grand-chose de plus que de ton matos de classe et d'un bras un peu plus long que celui de la moyenne : un papier, un crayon, calculette, fer à souder, une balance au grammage près, des trucs comme ça et quelques soces avec des skills – si tu vois ce que je veux dire –, et c'est ti-par.

Je vois à peu près ce qu'il veut dire, et pendant que je suis encore en train de mesurer comment tout ça c'est finalement pas bien compliqué – suffit de savoir s'y prendre, apparemment – des gouttes de cuivre fondu, fils de métal scoubidou, des découpes faites au hasard de gaines bleues, vertes, violettes, des diodes qui ne fonctionnent plus, au bout d'un jour seulement, usées par nos pouces nerveux, se présentent à moi, vagues souvenirs, et font la ronde tout autour de mon subconscient.

Je t'explique, reprend Nil en dessinant dans le vide avec un bout de stylo sans pointe. On va pouvoir mettre le feu aux poudres juste en appuyant sur des boutons. Il tapote son bic sur les différents interrupteurs dans la mallette, un peu comme s'il jouait comme un enfant sur un minuscule xylophone. C'est ça notre charge, il dit, des courts-circuits, des amorces qui allument des mèches, qui mettent le feu aux poudres dans des mortiers, qui créent du gaz comprimé qui, quand il va vouloir gicler des tubes, va tout emporter avec lui et propulser des comètes de la Terre vers le ciel, tu comprends ? tu comprends qu'on va tout inverser ? Après, y avait du code à bricoler. Ça, j'vais pas t'mytho, je sais pas faire, donc j'ai filé ça à Yo. Qui ? je demande, à la ramasse. Le shit tabasse. Yo, il dit, le man qui paye tout le temps sa bouteille quand on est au bar, au Demain c'est loin. Je dis ah ouais, alors que je ne vois pas du tout. De toutes les façons, Nil s'est déjà lancé dans un nouveau monologue. Il fait le compte à voix haute des dernières étapes avant la sortie du chantier et finit par conclure en répétant trois fois : un sacré boulot d'orfèvre.

Un sacré boulot d'orfèvre
Un sacré boulot d'orfèvre
Un sacré boulot d'orfèvre.

On va créer de la pression mon gars, de la dépression.

Il a plu ? Ça va brûler. Ça va souffler.

Tout est cyclique, tu sais : les rires le calme les larmes les cris les rires.

Viens, il dit.

Zéro

On sort du dessous par les escaliers, Nil et moi. Jamais su où était l'ascenseur. Ça sent tellement la pisse là-dedans qu'on peut quasi la goûter. Je garde la bouche et le nez bien fermés. J'ai dans mes mains deux énormes sacs tati zippés avec dedans les objets fabriqués. Le frottement des anses me brûle les paumes. Je n'y fais pas tellement gaffe. Je sens des gouttes de sueur descendre mon dos à cause du poids. C'est grave désagréable.

J'ai l'impression qu'on gravit les marches en slow motion, moi courbé sur mes sacs et Nil qui bouge ses bras comme des rubans sur Jeff Mills qu'il a emporté avec nous en bluetooth. Les samples de synthé ricochent dans la cage d'escalier. Je n'arrive pas à penser. Je ne sais pas si c'est le son qui est cassé ou si j'ai des hallucinations sonores à cause du shit de tout à l'heure, mais j'entends des fréquences improbables, comme quelqu'un qui ferait nain-nain-nain-nain sans jamais s'arrêter. Je demande à Nil s'il entend pareil. Il me répond peut-être mon gars, sûrement, et il ajuste ses lunettes au plus près de ses arcades sourcilières. Je lui dis de prendre un sac au lieu de danser. Il m'arrache celui de gauche sans me répondre et le fait tournoyer au-dessus de lui en rythme.

On finit par atteindre le zéro.

Sous la dalle, c'est l'étage du parking qui ne sert à rien, pas de bornes à tickets, pas de barrières levantes, pas de murs même, parfois. Plus encore qu'aux autres niveaux, plus personne ne s'y gare. Trop de brasiers. Les escaliers de secours cachés par la pyramide y conduisent. La rampe qui part de la dalle aussi. Et bien sûr la porte rouillée sur le terrain d'aventures.

Le zéro abrite une grande halle voûtée par endroits. Des voûtes et des arcs qui feraient penser que l'extérieur au-dessus est composé de coupoles. Alors que le dessus est juste un autre sol sur lequel marcher.

Une halle, comme une gare sans rails, panneaux, bureaux, horloges. Un lieu où il n'y a qu'ici où aller. Un lieu sans en être un.

Des colonnes, l'espace entre : des arches du souvenir, dont on ne comprend qu'elles sont amarrées au sol que lorsqu'on s'y est à plusieurs reprises cogné le front, à foncer dedans tête baissée. Cogné le front à reprises. Et pourtant on le sait, que là où c'est gris c'est souvent dur.

Le zéro quoi, un rez-de-jardin sans fleurs, au goudron qui bulle, des touffes d'herbe qui résistent dans des interstices.

On reste sur le palier quelques instants côte à côte avant d'entrer. Un peu comme si on savait que c'est la dernière fois qu'on verra cet endroit avec cette gueule-là. On contemple, entre le sol et le plafond, notre espace de disparition préféré.

Dans le zéro, petits, on s'est soustraits à tout et à tout le monde. Aux parents et aux filles. Au bleu et aux représailles entre nous.

On y rôdait, on s'y inventait des histoires. Notre imagination partait souvent en couilles. On fermait les yeux jusqu'à faire se plisser la peau autour. Dans le zéro, on fantasmait les vestiges engloutis d'un passé désuet : une place des fêtes de milieu de village où célébrer des trucs aurait été régulier.

Le zéro, ses colonnes de béton, l'espace entre qui ne sert qu'à ça, projeter. On s'était mis à y imaginer une salle fantôme aux bals devenus poussière, ayant résisté à travers les époques malgré les incendies. Des bouts de plafond peints dans du blanc aux teintes étranges. À moitié vieux rose à moitié suie. Des moulures florales orange et dorées, délicates répliques de notre monde vivant, persistant sous les taches d'humidité. On y voyait, tout au fond de l'espace, un cadre fait de rosaces de plâtre, qui nous semblait cacher les coulisses. Et dedans, on y rêvait à une liste anachronique de gens s'y préparant : des personnes en résille et jupons, d'autres avec des bananes de cheveux, des vestes en jean, des locks, des sacs à dos, des filles avec des shorts de catch.

Un jour Demba, on devait avoir neuf ou dix ans, il avait trouvé dans la rue un boa de plumes en très bon état et avait voulu prendre son tour de chant une fois la troupe rejointe sous arcs et coupoles. Il s'était mis à chanter *tu me fais tourner la tête, mon manège à moi c'est toi* peut-être une dizaine de fois d'affilée en tourbillonnant sur lui-même, tant et si bien qu'il avait fini par s'évanouir légèrement. On était contents d'avoir une occasion de lui mettre des gifles pour le garder éveillé. Nil lui avait même mis une petite droite pour célébrer.

Bref. En grandissant, on a fini par voir les murs du parking tels qu'ils sont vraiment. Droits et bruns. Mais on a gardé les appellations qu'on avait données à nos endroits de rendez-vous, en fonction de si on pouvait y danser le boogie-woogie ou y chanter d'un air grave, le visage éclairé par le dessous du menton.

On se rejoint à la barre de strip-tease.

On se rejoint sur le ring.

On se rejoint au carré VIP.

Des phrases comme ça.

Je me dis qu'aujourd'hui, demain, là-haut ou ici-bas, des espaces qui ne font pas rêver les kids, autant les putain de dynamiter.

Bon allez, dit Nil en se tapant le haut des cuisses, faut s'nachav. On quitte le palier et se dirige vers des lueurs qui s'annoncent au fond du zéro, à une centaine de mètres de nous, entrecoupées par l'intervalle régulier des piliers qui soutiennent le plafond.

Les trous et l'absence de murs laissent voir la nuit tombée dehors. À l'intérieur, l'obscurité dense par endroits produit comme des aplats de peinture noire.

Un bourdonnement d'abord lointain s'intensifie, recouvre Jeff Mills, semble se démultiplier indéfiniment. Une symphonie rageuse. Guêpes, taons, méchants insectes chagrins. Chorale de synthétiseurs analogiques. Les ondes soumises aux variations.

Tempête d'humeur. Pluie forte. La bande-son d'une ire populaire.

Les lueurs s'approchent, deviennent halo puis taches éblouissantes et saturent nos rétines de pixels platine et argent. Des silhouettes sur des motos apparaissent les unes après les autres. Une centaine de squelettes d'os et d'acier semblent pris de hoquets rapides au-dessus des moteurs allumés. Puis arrive Demba, visage sous le casque, boule bleu nuit comme une énorme perle tapissée de fibre de verre. On peut voir ses yeux tristes derrière l'écran transparent qui les protège.

Debout sur sa monture, il porte son plus bel ensemble blanc, quasi phosphorescent. Chaussettes, chaussures blanches fluo.

Il s'assoit, fait passer sa jambe gauche du côté droit pour descendre, relève sa protection et nous fait un signe de la main en nous voyant. On slalome entre les motos pour le rejoindre. Je porte le sac au-dessus de ma tête, le cou et le bras gainés pour ne pas qu'il s'affaisse. De ma main libre, j'en claque d'autres que je connais ou au hasard, puis je tape dans celle de Demba. Ça a été la journée ? je demande. Ça va, dit Demba, on a fait des tours de périph puis on a terminé en descendant les Champs. En Y ? je demande. Non, assis, on a pas fait les fous non plus, dit Demba, on avait tous les t-shirts, on avait surtout envie de montrer aux gens de là-bas c'est quoi le vrai visage de ce pays de niqués, mais en vrai y avait surtout des touristes, j'espère on les a divertis au moins, qu'est-ce que je peux dire d'autre, les français présents ils avaient l'air de très bien savoir où on voulait en venir en tout cas, bref.

Je le regarde tout entier, mate le t-shirt sous sa veste. Une photo récente de Samy accompagnée d'un message pour demander des comptes à ceux qui l'ont emporté.

Il est beau ce t-shirt.

Puis je capte que Demba n'est pas sur sa moto habituelle. Je lui demande il s'est passé quoi avec sa bécane. Ils me l'ont encore saisie, il répond avec cet air de s'en battre la race qui cache un seum géant. Puis il raconte. Qu'il y a deux trois semaines, la police a interrompu une session sur la friche là-haut, le terrain d'aventures. Il a essayé de négocier pour que ses potes et lui puissent quitter l'endroit tranquillement, mais les agents répétaient leur topo habituel : que l'entrée sur site était interdite, que des panneaux accrochés aux palissades le signifiaient, que les motards étaient donc en infraction et que s'il continuait d'insister ils n'embarqueraient pas que les cross, bref, qu'ils faisaient strictement le boulot pour lequel ils sont payés. Tu connais, dit Demba en levant les sourcils et rentrant ses joues, sarcastique, j'avais grave envie de rajouter payés avec quel argent même ? mais y avait Yeux Bleus et la grosse Sandrine dans l'équipe, tu connais comment ils font peur ces maniaques, donc je me suis tenu sage, bref, le lendemain j'ai essayé d'aller parlementer à la casse – gros j'en ai marre de payer des motos tous les mois rolala –, là-bas c'était un film d'horreur, blindé de carcasses des bails saisis toute l'année. On aurait dit un cimetière. J'ai chopé des épavistes, j'ai tenté de les persuader de me redonner la moto en scred, et alors eux ils sont vraiment pas plus futés qu'des képis, que ils me répétaient qu'ils étaient pas payés pour avoir un avis, qu'ils étaient obligés de suivre la loi comme quoi la police maintenant elle peut venir leur déposer pour destruction les engins confisqués lors de « rodéos urbains » zarma. Bref, j'me suis nachav. Mais j'avais envie de voir un peu alors je suis resté derrière les grilles.

Il s'arrête pour boire une gorgée d'eau puis il se met à décrire, avec des mouvements de doigts, visiblement ému, les quatre énormes griffes d'un grappin suspendu au bout du bras d'une pelleteuse qui se referment sur son engin et le mâchent jusqu'à en faire des confettis de ferraille. Bref, il dit. Samy, il était avec moi ce jour-là, pour me soutenir comme je lui prêtais tout le temps ma bécane. C'était le sang cet enfant. Dans le bus du retour on a maté des clips et il m'a montré celui de la Mélodie des quartiers pauvres. Je crois qu'il essayait de me dire qu'il fallait s'y faire, que ça arriverait encore et encore, comme un refrain. Bref.

Fais ce que t'as à faire ce soir, je lui dis.

Alors il remonte en selle.

Dressé sur ses cale-pieds, son bras droit tendu devant lui, la main qui disparaît au bout de son portable, il dit des trucs face à son écran qu'on galère à entendre à cause de la symphonie des turbines derrière. Son bras gauche fait des mouvements secs qui rythment un flot de paroles en colère. Nil s'est éloigné pour mettre ses écouteurs et suit le live sur le compte insta de Demba – BademBadem_turfu accolé à une petite comète orange couverte de lave tah en fusion – depuis son téléphone, pour mieux distinguer les sons. Je lui tire l'oreillette de l'oreille pour la coller dans la mienne et j'entends Demba crier une dernière salve de mots. C'est la honte, il dit. Puis il dédie la baraude de ce soir à Samy et demande à tout le monde de couper les moteurs pour observer le silence avant de partir.

Il nous adresse un dernier regard, abaisse sa visière, donne un coup de talon sur le kick de l'engin et orchestre le déploiement d'un chapelet de basses en courtes séquences, rapidement imité par les autres à côté.

Tonalités tristes crescendo vers aigus acides. Trémolos d'un cœur dans un estomac métallique annonciateurs d'une grand-messe à quatre temps.

Il s'assoit sur sa moto et démarre. À l'air libre, tout autour de lui, les êtres casqués jouent de l'embrayage, font se cabrer leurs montures. Et ça lève. Ça lève dans tous les sens. Les bras en croix, debout ou agenouillé sur la selle. Ça lève fort et ça retombe souplement. Ça lève sur des mètres et des kilomètres, les os des poignets en rotation nerveuse sur l'accélérateur. Ça lève et les images prennent de la vitesse, s'enchaînent à des fondus au noir entre chaque passage sous réverbère. C'est la bike life. Une parade de colère, d'autodidactie et de glow, de Baltimore au Botswana, des maisons vides devant lesquelles passent, en I et en Y, des garçons de midi à minuit aux métalleux noirs, madmaxés de cuir et de clous de la tête jusqu'aux pieds. De Bruxelles à Perpignan, ça lève fort, les poignets en rotation, endorphine et sérotonine plein les crânes, l'évacuation des pensées sombres le long de la bande d'arrêt d'urgence.

La nuée fuit le zéro pour aller danser plus loin, dans les cratères et sur les cabossages terreux du terrain d'aventures. Sa végétation d'un vert de chrome, la nuit. Sa végétation qui fut minuscule forêt serrée. Sa végétation au cœur de laquelle, avant, des enfants se faufilaient avec des canifs, puis taillaient dans la masse pour se frayer un chemin. À l'écart de tous les corps trop grands pour les suivre.

Qui fut. Plus de canifs ni de cachettes. On rase les herbes et érige des immeubles de standing dans des forêts séculaires. L'air ne s'y renouvelle plus. Les poumons s'emplissent de la vapeur du goudron l'été. De l'odeur froide des gaz d'échappement en décembre. Nos mains petites, nos mains d'hier à canif – qui composaient des bouquets de fougères et de sphaignes pour les mères –, effleurent aujourd'hui les palissades nouvelles de leurs doigts préoccupés.

La place

Le ronflement de la dernière moto à avoir quitté le parking continue de ricocher entre les murs et la coupole. Du zéro, on décide de remonter sur la dalle par le dernier escalier qui sépare les deux espaces. L'odeur de pisse est encore un peu présente. Je dis à Nil, gros, j'en peux plus, j'ai chaud, je suis fatigué, j'ai soif, j'ai mal à mes biceps. Il me dit viens on se pose alors. Alors on se pose. Fesses sur un banc vert. Vue sur les derniers arbres plantés par le service des espaces verts – des micocouliers de Provence, des pins noir d'Autriche, des ormes de Sibérie, je connais. L'éventualité d'une sacrée promenade autour du globe. Derrière les feuilles, la pyramide au loin, fixe, haute et translucide.

On ne fout rien pendant une bonne heure, affalés sur le banc, sa peinture qui s'écaille à cause de la pluie, du vent et du frottement des peaux d'humains. Pensifs, on regarde tourbillonner sur la place les papiers usagés, propulsés par le souffle des bouches d'aération du parking sous la terre. Multitude de billets, de vieux tickets de caisse ou de métro, flyers déchirés, boulettes froissées, lambeaux de courriers, listes de courses, factures gondolées, ordonnances expirées, de rares images, photographies, bouts de cartes postales ou illustrations publicitaires, du carton par fragments, des post-it, bien sûr. De l'uni. Puis quelques objets et visages râpés par le sol sur lequel ils frottent à intervalles irréguliers lorsqu'un courant d'air mou les fait s'asseoir. Ils apparaissent et disparaissent sous les douches étincelantes des lampadaires.

Bientôt tout aura changé.

Ils prévoient de construire des bâtiments avec des façades végétales sur le terrain d'aventures. Ils prévoient de casser la pyramide pour la remplacer par on ne sait trop quel projet concerté. Un truc flou géré par la mairie, entre la mjc et l'espace de coworking, dont ils disent que c'est pour les habitants, les activités de la place. Moi j'en mets ma main à couper que peu d'entre nous passerons la porte. Ça nous fera peur, on leur fera peur.

Et c'est dommage pour la pyramide. C'est un peu la tour Eiffel du quartier, on s'y retrouve depuis toujours. L'été, on se cale à quelques mètres d'elle, histoire d'être éclairés le soir quand ses néons fonctionnent, nos têtes à la fraîche sous les larges ramures feuillues des ornementaux, petite enceinte qui crache du bon son

– *j'viens d'en bas, j'ai pas d'autre issue que de finir au top* – et chaises pliantes sous le cul. Parfois quelqu'un ramène sa glacière et nous met bien en mister freeze encore gelés.

Quand Samy était petit, il voulait tout le temps qu'on lui raconte des histoires à partir des bas-reliefs sculptés au pied du monument : un genre d'arche de Noé. Quand on passait devant pour aller au parc, il posait des questions du style pourquoi il a atterri là le phoque ? et moi j'improvisais. Bah il est là mais il va pas rester longtemps, il fait juste une étape dans un long voyage, en fait il rentre chez lui en Norvège, il était parti visiter des amis au Mali mais il a eu trop chaud, il a pas pu rester, du coup il a serré la main à tout le monde, il a dit hasta la vista, puis il s'est mis en route, là où on est c'est à peu près le milieu entre Bamako et chez lui du coup c'est pour ça il fait une pause et t'as vu il a retrouvé d'autres potes à lui. Je répondais des trucs comme ça, en lui montrant les animaux. Il ne lui fallait pas grand-chose de plus pour se mettre à rêvasser, chantonner et sautiller, un bout de bois dans sa petite main.

Quand on leur demande pourquoi ils veulent la détruire, la pyramide, ils répondent que c'est parce que les habitants ne l'aiment pas. Ce n'est pas vrai qu'on ne l'aime pas. Déjà la plupart des gens ici n'en ont tout simplement rien à foutre. Ils ont d'autres galères à gérer que des polémiques d'architecture. Et moi je pense que c'est comme toute œuvre d'art, faut l'entretenir. Ça donne quoi une cathédrale que tu laisses vieillir sans soins ? Moi je la trouve encore très belle la pyramide, encore plus belle même recouverte de toutes ces contributions au marqueur : j u s t i c e p o u r ; a u t o d é f e n s e p o p ; blases tatoués sur le socle : zadama ; motifs ésotériques gravés au-dessus des bouilles de la ménagerie : pentagramme inversé.

Mais sa destruction est imminente, inéluctable, et on ne désoriente pas un plan de rénovation urbaine avec des considérations sentimentales et esthétiques. Alors on s'est dit qu'on n'allait pas attendre de voir à quoi ressemblerait l'après, qu'il fallait qu'on s'en occupe nous-mêmes, qu'il fallait la rallumer, notre pyramide, avant qu'ils ne l'éteignent définitivement et qu'elle ne puisse plus jamais nous servir de repère.

On pense à ça, affalés sur le banc, la peinture qui s'écaille dessous nous, ces assises qu'ils casseront elles aussi. Ce qui procure de la joie ou du repos ne tient pas dans le temps, chez nous. Ils laissent se délabrer les stades, bouchent les raccourcis, sécurisent les aires de jeux, ils baisent les forêts, confisquent chaises et chichas, démolissent les passerelles, tout ce qui permet de prendre un peu de hauteur, ils spéculent sur les endroits non construits, les espaces de reprise du souffle et de rêveries. Alors pouvoir s'affaler sur un banc, encore, c'est presque un luxe. On pense à ça et on se les dit ces paroles qui n'ont de sens que pour nous. Nos mots sont comprimés par le climat. Il fait si lourd c'est un truc de fou. La chaleur semble s'allonger sur chaque syllabe qu'on prononce et tasse nos interrogations.

Sur le banc, on parle de ça.

On prend le temps qu'il nous reste.

On observe l'effervescence qui s'est emparée de la place progressivement. Pendant que les gars s'envolaient dans le terrain d'aventures, les daronnes finissaient la cuisson des plats pour les servir bientôt – on danse mieux le ventre plein. D'autres installaient des tables, des chaises, des barnums, des réchauds, descendaient des assiettes, des couverts, des verres depuis les étages. D'autres encore touillaient du gingembre râpé et des feuilles de menthe pour les faire s'infuser dans de grandes gamelles remplies d'eau et de jus de citron. Bientôt, elles rempliront à la chaîne des petites bouteilles de plastique pour simplifier la distribution des boissons.

Guette, y a ma mère, je dis à Nil en la montrant du doigt. Je la reconnais de loin au foulard rouge qu'elle porte pour protéger ses cheveux. Elle fait rouler devant elle des casseroles montées sur un diable. À côté d'elle, les voisines trimbalent des faitouts, de grands seaux en plastique et des glacières. On est trop éloignés d'elles pour sentir les plats tout juste ôtés du feu, mais la salive envahit quand même nos bouches.

Ça a intérêt à être bien bon putain, je dis, je me suis tapé toutes les missions courses, je suivais sa liste au millimètre et pourtant la daronne que elle m'appelait toutes les vingt minutes pour rajouter un ingrédient ou me dire d'aller à tel endroit plutôt qu'ailleurs parce que moins cher ou je sais pas quoi. Toujours les mêmes histoires avec elle, faut faire quatre quartiers pour trouver des aubergines. T'as réussi ? Nil demande. Non même pas, je dis, après la cinquième mission j'ai mis ma sœur sur le coup, j'avais d'autres trucs à faire que courir derrière du chou wesh.

J'étale mes bras en croix sur le dossier du banc. Une infime bourrasque refroidit la sueur sur mon front.

Cette soirée qui n'en finit pas.

Cette odeur de bouffe que je ne respire qu'à travers mes souvenirs.

De ce matin où je me suis réveillé chez ma mère que j'avais promis d'aider, cueilli par l'effluve des légumes en train de mijoter dans l'huile qui avait servi à faire dorer le poisson juste avant. T'as pas fait viande ? j'ai demandé la voix granuleuse, les yeux encore collés. C'est meilleur poisson, elle m'a lancé sans me regarder, occupée à émincer les légumes et à échanger des histoires, en chuchotant ou en criant, avec des tatas venues en renfort. Coupe-moi l'ail, elle a rajouté. Mais maman c'est le matin wesh. Il est onze heures, c'est plus le matin, coupe-moi l'ail et retourne le riz dessous-dessus d'abord. Je me suis exécuté. Elle est où la spatule ? Là. J'ai retiré le couvercle de la marmite, libérant de sa cellule l'odeur du délice. Un nuage de vapeur est venu me tremper le visage alors que mon corps était encore en train d'absorber les vingt-huit degrés prophétiques de la canicule de l'après-midi. J'ai pris la spatule et ce que j'avais de force en réserve dans mes muscles ensommeillés. Je l'ai placée tout au fond de la cocotte sous le riz qui crépitait, puis j'ai appuyé le manche sur le rebord afin d'opérer une traction. J'ai répété l'opération jusqu'à ce que le riz du dessous, orange roussi, recouvre tout à fait le riz du dessus et que celui-ci caramélise à son tour. J'ai baissé le feu et j'ai dit maman j'ai baissé le feu vite fait il était un peu fort, ça commençait à cramer.

La préparation du repas pour les occasions – bonnes ou tristes – c'est toujours quelque chose. Si tu prépares pour beaucoup, ça peut durer plusieurs jours. Une fois, ma mère avait voulu nous enseigner la pratique à mon frère, ma sœur et moi à l'occasion d'une fête de fin d'année à l'école où il fallait ramener un plat de son pays d'origine. Le lien social comme subterfuge, les institutions aimaient bien nous faire travailler gratuitement. Toujours est-il que ma mère, après avoir mentionné qu'elle aurait tout aussi bien pu faire une blanquette de veau, avait déclaré que l'honneur de la famille était en jeu puisque c'était l'ensemble du système scolaire – les parents, les élèves, les maîtresses et les dames de service – qui allait déguster notre festin. Il fallait tout donner.

Très tôt le matin, on avait d'abord découpé en gros morceaux les carottes, les navets, le chou, la patate douce et les tomates. Après, on avait dû hacher l'ail en tout petits bouts et ma mère s'était occupée de farcir le poisson avec une persillade mélangée à un cube maggi fondu avant de l'enfourner. On avait ensuite trié le riz, retiré les petites pierres qui se nichaient parmi les grains et préparé le jus dans lequel on les baignerait pour la cuisson : les oignons, le laurier, le soumala, le yet, les piments ; puis on l'avait laissé mijoter un bon bout de temps. Ma mère avait opéré la phase la plus périlleuse de la recette. Avant d'ajouter les légumes découpés et les gombos entiers, il fallait retirer les piments sans qu'ils ne s'ouvrent et ne déversent leur piquant dans la sauce, rendant la dégustation difficile. Voire impossible pour moi petit, j'avais les papilles tellement fragiles qu'on me laissait invariablement un bol de riz blanc pas loin en cas d'urgence inflammatoire. Ma mère avait pris une fourchette et, d'un geste de cheffe d'orchestre, avait ôté le premier piment puis le second. Sans accident. Quand tout avait été bien cuit, on avait retiré les légumes et on les avait mis dans un plat à part. À leur place on avait versé le riz, l'immergeant dans le jus frémissant qui lui offrirait toute sa saveur. Ensuite, on avait mis le repas dans des boîtes pour l'emporter à l'école. Et il n'en était pas resté une miette.

La plupart du temps on ne cuisinait pas pour amener dehors mais on invitait plutôt les gens chez nous. Le principe de déjeuner à midi était souvent repoussé vers dix-sept heures. Et plus que le goût, je crois que c'est l'interminable attente qui donnait tout leur charme aux repas pour les occasions. Bonnes ou tristes.

Ouais, ça a intérêt à être bien bon, je redis à voix basse en suivant des yeux, à quelques mètres des mamans, des silhouettes pas beaucoup plus grandes qu'elles, qui courent de part et d'autre de la dalle avec des câbles sur les épaules, traînent des fly cases, suspendent aux arbres des guirlandes. D'autres encore poussent à bout de bras, vers le centre de la place, une voiture hors d'usage probablement destinée à devenir un brasero, genre de Madame Carnaval à la sauce locale.

Et puis, d'abord comme une rumeur au ras des bâtiments, les motards réapparaissent précédés par l'épais ronronnement de leurs machines, remontent la rampe d'accès à la dalle. Les halos de leurs phares fouillent la voie, théâtralisent le mobilier urbain et s'étalent jusqu'à disparaître lorsque l'équipe finit par atteindre le cœur éclairé de la place. Les bécanes tournent en cercle autour du socle de la pyramide – un genre d'estrade qui enchâsse deux de ses faces sans tellement la surélever – puis lèvent encore un peu avant d'aller se garer plus loin. Nil me tape sur l'épaule et me demande, en les désignant, s'ils sont sérieux avec leur mise en scène de clip gâté. Je rigole et je lui dis, tu les connais.

Dans le cœur de la pyramide, une cabine a été aménagée. Et dans cette cabine Hawa s'agite. Bob qui cache les reliefs de son visage, elle contorsionne le haut de son corps tout autour d'elle. À ses côtés, des instruments électroniques, amalgame de diodes, de fils, de molettes et de touches noires et blanches qu'elle place et teste avec délicatesse. De son intérieur, la pyramide alterne les éclairages diffus. Rouge, jaune, rose et orange se succèdent et illuminent la dalle.

Hawa manipule des câbles jack aux embouts colorés. Ses gestes sont rapides, elle se saisit de l'un d'entre eux, le porte à ses yeux et fait aussitôt disparaître son extrémité argentée dans l'une des ouvertures d'un synthétiseur.

Bon allez, dit Nil à côté de moi en se tapant le haut des cuisses, faut que j'aille l'aider sinon je vais me faire embrouille. Je le regarde s'éloigner de sa démarche d'excentrique puis contemple ma montre sans retenir l'heure. Il fait bien nuit, c'est tout ce que je sais.

Arrivé au bas de la pyramide, Nil hèle Hawa, ouvre-moi frère. Elle sourit, pousse la porte de l'intérieur et lui donne des consignes du doigt, il place deux enceintes sur leurs socles.

Hawa et Nil se sont rencontrés un 14 juillet sur le toit du monde à l'est de la petite couronne. Un belvédère qui jouxte un cimetière d'où on peut contempler la Seine-Saint-Denis dans toute sa splendeur et les feux d'artifice d'une dizaine de communes. Nil était étendu sur l'une des tombes en contrebas, les mains croisées sous la tête. Hawa, qui fumait une clope tranquillement appuyée à la balustrade, l'a aperçu et est descendue poster son visage au-dessus du sien pour le scruter de plus près. Mais moi je pense qu'ils se sont d'abord connus dans une vie antérieure. Aux étrangetés compatibles, aux obsessions entrelacées. Aux amitiés fusionnelles.

De mon banc, je les observe sortir en courant de la cabine pour décharger un camion qui vient d'arriver. Nil ouvre les portes du coffre, Hawa saute dedans et avance vers le bord un caisson de basse. Ils le soulèvent pour le descendre au sol, ajoutent par-dessus les masses noires de deux platines puis le font rouler à travers la place vers le centre. J'écris un message à Chérif, ça va ? à quelle heure je passe te chercher ? tu vas voir ça va être le feu. Le matos déposé, Nil enlace Hawa, la fait valser et l'entraîne par la main, détalant vers le reste du matériel à amener. Les tresses d'Hawa volent dans son sillon. Freinant au dernier moment, elle replie sur sa poitrine leurs deux poings et empêche Nil de s'écrouler sur un groupe électrogène. Ils poursuivent l'amorce du vol plané et dansent tout autour de l'engin, les thorax parallèles au sol, les bras mimant l'envol. Puis Nil tape dans ses mains. Allez, go. Ils hissent le générateur et le lâchent sur une planche à roulettes. Hawa, dans un soupir de soulagement, se laisse tomber sur la machine en battant des jambes dans le vide. Nil tente de faire le cheval mais rapidement se résout à pousser plutôt qu'à tirer la carriole. Au pied de la pyramide, une muraille d'enceintes a fait son apparition, constituée au fil des allers-retours entre socles et camion par les silhouettes venues aider. Des petites en hauteur pour les sons aigus, des moyennes au milieu pour les graves, des grosses en bas pour les basses.

Je regarde mon portable, pas de réponse de Chérif, il doit dormir, je lui écris t'inquiète même pas, ils auront jamais vu ça.

Hawa débute ses balances, des nappes d'accords synthétiques s'élèvent vers les étages des tours qui délimitent la dalle. Elle joue de ses oscillateurs. Les ondes nous parviennent comme des bulles distendues. Des séquences répétées de gouttes de pluie qui tombent sur de la terre battue. Puis quelque chose de suave se superpose progressivement aux humides modulations. J'attrape la mélodie lorsqu'elle apparaît. Trois notes diluées dans l'air : deux aiguës et une prodigieusement grave. La dernière répétée deux fois, effrontée. *Tomorrow means nothing at all if we don't hear the line when today places its call and morning won't ever be the same.* C'est la chanson sur laquelle on s'est fait soulever. Celle après le Roi Lion. Celle qui suivait Suga Suga et Mcdo Bellecour. Celle sur laquelle Aïssa a disparu dans la fumée. Celle que n'a pas entendue Samy, dont le cœur allait bientôt cesser de battre. Celle qui n'avait pas été choisie pour passer la dernière.

Des queues se sont formées sous les barnums. Les barbecues ont été allumés. L'odeur a rameuté tout le quartier. Les mamans ont commencé à servir. Les enfants se promènent avec des cuisses de poulet dans les mains et les mentons huileux. Des petits groupes se sont formés çà et là. Les jeunes sont assis sur les terrasses d'herbe qui délimitent la place à quelques dizaines de mètres de la pyramide, d'autres shlags se sont posés à même le sol, et les connaisseurs, comme d'habitude, se sont mis à l'aise sur leurs chaises de camping. Les plus vieux sont attablés autour de planches et tréteaux, installés un peu partout, et sirotent le gingembre. Les assiettes en carton débordent de riz orange et de légumes juteux. Des morceaux de poisson tendres y côtoient des brochettes de dinde ou de bœuf mariné. Manger, c'est vraiment la douceur.

À l'intérieur de la pyramide, Hawa hoche la tête, l'air concentré. Elle mâchouille un cure-dent, une fossette s'est creusée sur son menton. Son visage est décoré des paillettes que forment de minuscules gouttes de transpiration, son petit corps habillé d'un ensemble peau de pêche de la même couleur que le fruit.

Une flammèche au cœur d'un foyer.

Elle trie ses disques. Elle en prend un, l'approche de son visage et le scrute un long moment pour en anticiper la composition et le rythme. Ici le beat, ici les cuivres, ici la voix, ici les choristes, ici le silence.

Les assiettes se sont vidées, des petits jouent à chat perché, leurs joues sont barbouillées de sauce. Certains anciens somnolent les yeux à demi clos, fatigués par la digestion. Les filles et les fils ont aidé les mères à débarrasser les tables, jeter la vaisselle en carton dans de grands sacs-poubelle noirs, replier les chaises et les barnums. Des petits groupes de voisins se sont formés, ça papote dans des bruissements d'éventails.

Sans aucune annonce, les réverbères et la pyramide s'éteignent et plongent la place dans la pénombre. Seules les guirlandes continuent de clignoter. Les conversations se sont évanouies. L'espace d'un instant, en fermant les yeux, la place semble avoir été désertée par la foule. Mais, plongées dans une semi-obscurité, les mines sont simplement concentrées, dirigées vers l'enfièvrement qui se profile.

Il y a quelque chose à calmer ce soir. Ensemble. Quelque chose de dur qu'il faut soulager à défaut de guérir. Ensemble.

Quand une personne est arrachée trop tôt à sa vie, la souffrance déborde de son foyer pour atteindre la rue. C'est une communauté qui a mal.

De la pulpe des index, Hawa pose un vinyle sur sa platine gauche. Il entre en rotation et le diamant en contact avec la surface aux stries moirées. Un grésillement s'opère. Un souffle. Froissement ailé. Le set démarre. Et la fête reprend là où elle s'était éteinte. C'est pour toi notre ami, qui n'as pas pu la faire. Ces instants d'envol qu'on nous retire. Nos cœurs qui battent hardcore. Nos mouvements de bras, de jambes, nos bassins qui font des huit. Ce soir, au moins, une dernière fois.

Et les fragments d'une house déchirante envahissent des mètres cubes d'air et de béton, serinés torrides, par un sampler dont Hawa tapote fiévreusement les pads.

Les sons se couchent les uns sur les autres, s'entremêlent en serpentins complexes. Des notes claires s'associent au souffle que produisent les caissons de basse.

Un avion en train d'atterrir sur un tarmac à quelques kilomètres d'une ville fantôme.

Des baisers sur des ballons remplis d'hélium.

Des sphères dodues, particules de savon scintillantes, éclatent au contact des vocalises d'une meuleuse.

Des voix chaudes propagent leurs variations entre les touffes d'herbe fatiguées et les fleurs asphyxiées poussant dans les interstices d'une dalle.

Des mobylettes pétaradent leurs paroles désarticulées. Imperturbables, le réservoir rempli d'un liquide remuant.

Des notifications bombardent un téléphone.

Une pellicule n'en finit plus de se rembobiner dans un appareil photo.

Et une voix répète, *fight the power. Fight the power. Fight the power.*

Le son fait comme des ondes Martenot. Dessus, des intonations veloutées abritent une peine colossale.

Les lignes de basse créent de nouveaux continents.

Le beat, une sonorité issue de nos passés. De quand on tapait des pieds le plus fort possible sur le sol sous la halle, afin de créer des échos galactiques. De quand on hurlait les noms des mères des autres pour qu'ils se démultiplient dans l'espace.

Hawa abat son génie, gifle ses platines et ses claviers, émet des textures chaudes et rassurantes, des gémissements d'abeilles exaltées, des frictions de bottes qui tabassent la neige d'un pays froid. Caisse claire. Une goutte d'eau semble tomber sur une braise géante. Elle partitionne, séquence, modèle, déforme, met bout à bout des bouts qui font symphonie. Elle détend. Des doigts, elle reproduit le bégaiement d'un marxophone, le ronflement d'une bougie qui s'épuise, les notes d'un orgue arrondies comme par le bras de levier d'une stratocaster.

Et tout autour, ça danse à s'en niquer les os.

J'y vais. Je laisse les sacs derrière un buisson et j'y vais. Je m'immerge dans la foule qui se densifie autour du beat devenu carrément guerrier. Clochettes, koras, sirènes, distorsions érigées en mélopées. Le monde saute, les cœurs accordés. Paillettes, rubans et franges, les bouts des doigts munis de cierges étincelants, les poignets en rotation sur des tuyaux harmoniques tournoyant dans l'espace, lunettes aux montures de led, sifflets autour du cou, lèvres colorées de baumes phosphorescents. On veut contraindre nos corps à la disparition, nous les avons fait briller. La résistance est dans le mouvement. Notre terrain aujourd'hui est un carnaval.

Les membres des corps ont perdu leur gravité. Au milieu, je retrouve celui de Demba qui fait rouler ses omoplates vers l'arrière en doublant le geste tous les deux temps. Son jeu de jambes est affûté par des années à faire le kéké avec un ballon de foot devant les filles. Ses bras sont parallèles au sol. Ses poignets sont des poulies pour cordes fantômes. Il tourne et tourne sur lui-même. Le serpent à plumes de ses dix ans est revenu d'entre les limbes de l'oubli parmi celles et ceux qui ont survécu aux souvenirs. Demba danse, sa silhouette d'un blanc vif dissoute dans la communion.

À ses côtés, mes pieds font des va-et-vient à quelques centimètres au-dessus du sol. Mon buste, mes bras et mes jambes sont cinq plumes en marche arrière. Talon droit devant tibia gauche, pointe de pied en équilibre, colonne vertébrale à quarante-cinq degrés, cage thoracique ouverte vers les étoiles. La centaine de muscles répartis de ma main à mon épaule ondoient doucement. Mes paumes viennent taper dans d'autres paumes à mes côtés, des paumes d'enfants, des paumes de vieux, des paumes de potes, les paumes des voisines. Cheveux courts, tissages méchés de rouge, tresses collées ou foulard sur la tête, les voisines aux épaules coulissantes lèvent les mains au ciel en mouvements amples, tapent la terre des talons et font voler les châles légers, les robes amidonnées – jaune poussin, lilas, avocat, canard et des motifs comme des fleurs, des pommes, des ventilateurs – qui recouvrent leurs omoplates.

On fléchit en l'air nos genoux comme devant un ensemble de tambours khassonkés.

L'éclairage dans la pyramide passe du bleu à l'orangé au rythme des pulsations de la musique et du phrasé cadencé de choristes à la voix rauque. Non loin, la voiture amenée plus tôt crépite sous les flammes qui ont attaqué les sièges et le tableau de bord. D'immenses langues dorées viennent lécher le ciel. D'autres, plus timides, restent à la surface du métal dont elles grignotent la peinture usée.

Moi, je fais du piano dans l'air. J'avais faim. Je n'ai plus faim, j'ai laissé mes bras guider ma tête et les neurones de mon estomac. Je grille des clopes, *j'crache la fumée en forme de clé d'sol.* Je crois que la musique et l'électricité créée par les frottements de la foule ont réussi à atteindre mon cœur cassé. Je suis debout, les yeux remplis des flammes qui recouvrent la gova. Grisé par les basses. Je prends une bouteille des mains de quelqu'un et bois une gorgée au goulot. Vodka polonaise ambrée. Hmmm sucrée. Nos dos se trempent. La moiteur sur nos joues. Et ça danse. J'avais faim. J'ai même plus faim. Ça danse. Le reste on verra demain avec le jour qui se lève.

De la pyramide le son ralentit : cent cinq battements par minute.

Machine Gun. *Too scared to sacrifice a choice chosen for me.*

Je fais des flingues dans le ciel avec mes mains. Move de baile funk sur du trip-hop. Ma tête tourne n'importe comment, mon menton est attiré par mes reins, mon nombril.

Je suis ivre donc je vais bien.
À mes côtés ça rit, ça hurle.
Ça insulte la mère au soleil.
The remedy will agree with how I feel.
Je tangue. Je me casse la gueule et je me relève. Reprends la rampe. Déterminé comme un skateur.
Le reste on verra demain avec le jour qui se lève.

Sur une passerelle reliant deux pieds d'immeubles au-dessus de la dalle, j'aperçois Samy qui se tient debout. Transparent, à la surface des billes de gaz dans l'air. Fixe, le bras enroulé autour d'un pilier avec la main qui lui arrive au niveau de la tête, il a la joue collée contre le béton froid. Un survêtement iridescent l'habille. Il est beau, mort et nous observe, l'iris amusé. Je crois, comme dans les films, qu'il m'adresse un léger signe de la tête pour me dire bonjour de l'au-delà. Pour me dire ça va, en vrai, dans l'au-delà. Pour me dire, tranquille, on est là, on est ensemble, toujours, dans l'au-delà. Pour me dire on a du temps, dans l'au-delà, on vous attend mais pressez-vous pas, faites vos trucs ici. Pour me dire on n'a plus que du temps, dans l'au-delà, on n'a que ça. Là-bas, du temps.

Le son me fait atterrir. Et la voix d'Hawa. Je l'entends dans un micro : *Joanna, your busy body giving me life… Joanna Jo-jo-joanna…* Il se fait tard.

Ultimes whines des bassins. Les danseurs font des compositions à plusieurs. Ça se porte, ça se saute dessus. Ça bouge en élévation. Ça ondule à même le sol en grand écart. Et progressivement le son s'étire et s'assoupit, se fond dans une ballade au piano. *There's a limit to your care, so carelessly there, is it truth or dare ?*

Hawa a posé un dernier disque sur sa platine puis est sortie de sa cabine et dans la foule a retrouvé son amoureuse. Dernières agitées, elles exécutent des pogos sensuels, se tiennent l'une contre l'autre, synchronisent leurs pulsations cardiaques, écoutent le chant du sang dans leurs veines. Elles font tourner autour d'elles l'hologramme d'un cerceau. Elles s'épuisent les corps.

Le diamant, plongé dans les sillons du disque en rotation, transforme les gravures en signaux électriques, l'intérieur des reliefs en musique.

Le diamant, sur des rails dans les tranchées de plastique, déverse quelques derniers riffs de synthétiseur sur la place presque complètement vide maintenant.

Le diamant, poussé toujours plus près du bord à mesure qu'il se rapproche de la fin de la chanson, bientôt ne jouera qu'un silence ponctué d'un court souffle régulier venant souligner que le temps presse.

Qu'un seul déclencheur nous sépare de l'après.
Et cette chanson en forme de game over.

I guess I'll go and tell just as soon as I get to the end of this song.
To the end of this song.
To the end of this song.

Try again.

J'suis même pas sûr qu'on va trouver la paix. Shit, j'connais pas mes limites, j'me demande comment ça va s'terminer.

Les toits

Je sens mes veines battre sous ma peau. Mon t-shirt est trempé, mon cœur vibre calmement. Je n'ai plus de force dans les membres. Je reste un instant, comme ça, les bras le long du corps, debout. Seule ma poitrine, en se soulevant régulièrement, imprime un mouvement, des minivagues, sur mon corps égaré. Autour de moi, plus personne sur la place quand je rouvre les yeux – que je ne me souviens même pas d'avoir fermés. Plus une ombre, plus une danseuse. Chacun dans son foyer. Les enfants qui se sont éteints, à peine allongés, sur les canapés des salons, entortillés dans des tissus qui leur tiennent trop chaud. Les darons, café fumant dans un mug et dans leurs dos, bouillie de mil qui bulle ou omelette qui crépite sur le feu, leur main supporte leur tête fatiguée – aux paupières mi-closes – tournée vers le dehors par la fenêtre ouverte. Les ados derrière, les bras se terminant dans des paquets de céréales qu'ils fouillent à la recherche des meilleurs pétales ou portable chargé dans la main, doigts qui tapotent fort l'écran à raconter leur vida à des potes qu'ils viennent juste de quitter, entrailles sautillantes, l'habituelle petite aura hystérique autour d'eux.

C'est comme ça que je m'imagine les gens, les voisines, tout juste rentrés après la danse, oscillant entre l'envie de dormir jusqu'à midi et celle d'assister à l'after.

Je récupère mes sacs derrière le buisson, hisse les anses sur mes épaules. Je récupère Nil aussi, lui-même en grande transpi. Durant le set d'Hawa, sur l'estrade qui entoure la pyramide, il a délivré une sélection des meilleurs enchaînements chorégraphiques de son cru.

Je le regarde en silence, lui fais un clin d'œil et un signe de tête presque imperceptible vers les toits des bâtiments. Vus d'ici, les immeubles qui bordent la place sur ses quatre côtés forment une skyline un peu miteuse. Une trentaine de mètres nous séparent de la tour dans laquelle j'ai grandi.

Arrivé en bas, je sors mon badge et pousse la première porte vitrée. On entre dans un sas où sont disposées plus d'une centaine de boîtes aux lettres avec des blases parfois tellement longs qu'ils ne rentrent pas sur les étiquettes. La deuxième porte donne sur un hall et une loge plongée dans le noir que je ne me souviens pas avoir vu occupée un jour – et pourtant les poubelles ne se sortent pas toutes seules. En passant devant, Nil dit bonjour à la gardienne – comme il saluerait son grand – sans qu'il ait même besoin qu'elle existe.

Dans le hall, nos pas claquent sur le carrelage beige. Le son ricoche des panneaux rectangulaires rouge et blanc qui habillent le mur de droite jusqu'aux lames de lambris du plafond. On regarde vite fait de quoi on a l'air en entier dans les carrés de miroir assemblés sur le mur de gauche et ça va, nos dégaines sont propres. Faudrait pas zoomer sur nos têtes par contre. Arrivé dans le couloir des ascenseurs, Nil tape comme un possédé sur les boutons pour les faire descendre plus vite.

Ouverture, on rentre, je presse le treize.
La voix dit treizième étage.
Les portes coulissent, on sort.

Les articulations des doigts bien alignées, je toque pour m'annoncer et j'entre. Il reste du manger ? je demande à la volée. À travers la cloison qui sépare sa chambre de la cuisine, ma mère répond que oui elle a mis dans les boîtes en plastique, de pas prendre tout, d'en laisser pour plus tard, de dire à Nil s'il est avec moi de m'aider à redescendre le reste tout à l'heure. Je dis ok. Je demande à Nil s'il a entendu, il répond directement à ma mère en regardant vers le mur, au calme madame on repasse après. Je prends deux boîtes sur les quatre qu'elle a gardées pour nous, les amis et la famille. C'est des boîtes conçues pour des ogres frère, tu peux manger à sept sur chaque tranquille. J'entasse des assiettes et des couverts en vrac dans une bassine que je file à Nil, tiens, je lui dis. À toute, je rajoute pour ma mère.

On ressort, retape sur le bouton de l'ascenseur, presse le vingt.

La voix dit vingtième étage et les portes coulissent, on prend à gauche puis encore à gauche.

Nil donne un coup de latte dans la grosse porte coupe-feu pour l'ouvrir, la bloque avec son coude pour me laisser passer. Un peu plus loin il y a une grille qui ferme l'accès au toit, je tends la main à travers pour la déverrouiller de l'extérieur. Je dis à Nil de go devant et réajuste la chaîne derrière nous, pour donner l'impression que zarma c'est fermé.

Tout en haut, les sons qui nous parviennent semblent aplatis par le poids de l'air et de la hauteur. Ils me paraissent se dissiper au moment même où je les entends.

On perçoit de temps à autre la sirène crue des ambulances qui se dirigent vers l'hôpital, à un kilomètre de là.

On perçoit de temps à autre des bribes de discussions domestiques et des rumeurs de marmailles qui, chicanantes, s'élèvent jusqu'à nous par les fenêtres ouvertes des étages plus bas.

Puis, à mieux écouter, nos potos font en fait un bordel tendu – Demba, Hawa et les autres sont montés avant nous pour rejoindre Issa, Lionel, Reem etcetera, qui eux ont passé la soirée sur le toit – et que ça hurle des trucs incompréhensibles. Quand ça s'embrouille comme ça, ça débat forcément d'un match récent ou d'un qui arrive ; ou bien les deux. Ils sont là-bas, je dis à Nil en le prenant par l'épaule pour le diriger vers le son. Toujours je m'oriente aux yeux, à l'oreille, au nez. Toujours. Nique sa mère le planisphère.

Wesh Nil, Astro, tout doux ? demande l'assemblée quand on arrive à sa hauteur. Présents, tu connais, je réponds. J'entends un « à l'ancienne ». Je demande de pas forcer non plus, j'suis dans les parages quand même. Ça dit quoi ? je fais à la ronde. Issa se retourne en entendant ma voix. Clope sur l'oreille et les mains prises, il me tend son coude et me demande, bien ? en guise de salut. Ça va bien, je réponds, alors ça dit quoi ?

Issa me dit qu'ils ont installé sans galérer grâce aux indications de Nil, qu'ils ont terminé y a un moment du coup et que depuis ils sont posés, ça parle de trucs et d'autres, en termes de Tottenham, Man City, ça boit du coca, ceci cela. Je l'écoute de loin et rapidement je n'entends plus que la musicalité que produisent les mots dans sa bouche. Son accent de chez nous. Bercé, je suis. Je contemple l'agencement des fils sur le sol. Il y en a des dizaines. Je suis encore bourré et j'ai l'impression qu'ils forment des mots que je n'arrive pas à lire. D'ici quelques minutes, Nil devrait avoir relié tout ça à la première des deux tables de tir dont il m'a montré tout à l'heure le modèle dans une mallette – quand on planait encore sous le zéro. Une console en bois donc, créée sur mesure, et dont les interrupteurs commutateurs en forme de levier serviront à éclairer le dernier petit morceau de la nuit qu'il nous reste à passer.

Pour l'heure, il faut encore mettre en place le contenu des sacs cabas. Accroupi, je déplie les schémas – tracés au pastel rose – que Nil a glissés dans ma poche juste avant qu'on ne s'élève vers le vingtième étage. Je les suis à la lettre, fiche dans le sol les cylindres récupérés plus tôt. Lorsque j'ai formé une ligne, je reviens au début à pas de crabe pour connecter les objets les uns aux autres via les câbles. Je garde tous les fils regroupés dans ma main et les ficelle ensemble. Ça facilitera la tâche de Nil. Je jette un coup d'œil à l'enchaînement, ça tient la route. Je me relève un peu trop vite, ma tête tourne. Mes veines palpitent encore. Je porte mon regard au loin afin de calmer mes sens.

Le jour ne va pas tarder à se lever. On est si haut qu'on peut apercevoir, derrière notre chétive skyline, les tours de l'autre côté de la ville. Des tours fabriquées pour charbonner fort. Où les dodos s'effectuent ailleurs tout autour, dans des pavillons pour ceux qui travaillent dans les étages, ou dans d'autres tours pour les salariés d'en bas. J'essaye d'imaginer ce que serait l'horizon sans cette concentration de gratte-ciel. Sans cette basilique surdimensionnée, en haut de la ville. Sans ce rectangle fait de tuyaux colorés. Paris. Sans ses monuments. Sans son enchevêtrement de constructions de toutes les époques – rangées en longues avenues trop propres par endroits – unifiées par des tons blancs, ocre, jaunes et le gris-vert étonnant des toits de zinc. J'en déduis que le paysage aurait l'air vallonné, désaturé, qu'on pourrait y dessiner ce qu'on voudrait y voir. Des barricades, une agora, par exemple.

Chez nous, les tours sont tellement grandes qu'on ne peut en contempler les toits que lorsqu'on s'y trouve. Ce sont des sortes de cuvettes dont le fond est recouvert de gravier, de tuyaux massifs, de bouches d'aération, de lattes de ciment qui indiquent aux techniciens de maintenance – les seules personnes qui y sont officiellement admises – le chemin sur lequel marcher. Un fatras industriel au cœur duquel des apparitions végétales se produisent parfois. Issues des rares graines à s'être envolées jusqu'ici ou à avoir été déposées par le dessous de nos baskets.

Je demande à Issa s'ils ont fait attention à pas trop les écraser quand ils ont installé, les petites fleurs. Raaaah frérot, il me répond, on a fait ce qu'on a pu. J'inspecte des yeux et je trouve que ça va, alors je ne rajoute rien.

Le jour ne va pas tarder à se lever. On est si haut que les fenêtres des immeubles, en face, ressemblent à des vignettes phosphorescentes qu'on collerait au plafond pour reproduire des galaxies. Y chercher une trace de vie pour prendre congé de la sienne.

Je me pose sur la dernière chaise libre à côté d'Issa. Mon cul s'enfonce dans le tissu détendu par des générations de culs avant lui. Je me rends compte que je n'ai plus grand-chose à faire à part attendre. Issa me dit, devine qui j'ai revu hier. Je lui dis que je sais pas gros. Si vas-y devine j'te dis, il insiste. Je prends l'air concentré et dans ma tête je fais défiler les gens qu'on a en commun. Je ne vois pas alors je demande si je peux avoir un indice. C'est une meuf, il répond. C'est Maïmouna, je propose. T'es sérieux à sortir le nom de ma sœur comme ça ? J'vais te taper, dit Issa. Ça va je rigole, je dis, c'est une meuf à l'ancienne genre ? je demande. De fou, il dit. Je tente, Andréa ? Voilà, il dit. On s'était pas captés ça faisait depuis… apparemment elle avait entendu pour ma garde à vue du coup elle m'a envoyé un texto pour me demander comment ça allait, je lui ai dit viens on se voit pour en parler en vrai nan, tu connais j'avais déjà ma petite idée. Donc on s'est captés, heureusement j'avais dégonflé un peu, j'avais moins de bleus, mais il me restait quelques marques quand même pour l'attendrir. Il hausse les épaules sourire en coin et ferme ses paupières à moitié, faussement naïf. Quitte à se faire fumer au moins que ça serve à serrer hein, il rajoute, bref de fil en aiguille on est montés chez elle, tout ça, je vais pas te faire un dessin.

C'était lourd ? je demande, intéressé. Une madeleine de Proust frère, il dit, le regard perdu dans le vague. C'est bien chelou ça finalement, je dis. Quoi qui est chelou ? demande Issa. Bah que l'amour et la violence ça va souvent ensemble, je dis. Y en a un qui guérit l'autre, et l'autre qui pourrit l'un, on sait jamais trop l'ordre, mais ça va souvent ensemble, regarde un accouchement ! Issa se casse une barre et me dit que je force, wAllah.

Puis je lui demande s'il gère tout ça en vrai. Sa garde à vue, les événements encore pires juste après. Nan, j'ai le mort un peu, il fait en prenant une courte inspiration avec son nez. Comme tout le monde après, on va pas se mentir. Un truc comme ça même si tu connais pas l'enfant tu pètes des câbles. C'est pas normal. Puis il me prend le bras et le serre comme un garrot. Je lui avais dit de pas aller mettre son nez sur la place, gros, je te jure sur ma vie, il me dit en me regardant droit dans les yeux et les siens pleurent. Je réponds que je sais bien, que même avec un scénario différent l'issue aurait été la même. Ça s'appelle le système. Qu'on sait bien. Que c'est de la faute à personne d'entre nous. Qu'on a pas mérité de perdre un petit. Qu'aucun petit mérite de perdre sa vie. Qu'y a bien que des enfoirés pour pas savoir ça. Nous on sait. On est pas des enfoirés. On sait bien.

On abolirait l'uniforme, que la haine de nos peaux, classifiées malgré nous, et l'obsession de ces moments où on disparaît sous les coups lui survivraient. Ça s'appelle le système.

Et toi, il me demande.
Tu connais, je dis.
J'ai tourné.
J'ai tapé dans des sacs de sable.
Voilà tout hein.
Ouais j'ai capté, il dit.

Et on se tait quelques secondes.

Bref, vas-y je reviens, faut que j'aille chercher Chérif, je dis en me levant. Je tape sur l'épaule de Nil, allongé sur le sol et perdu dans ses pensées. C'est plus l'heure de méditer, je lui dis.

On redescend ensemble et se quitte en bas. Ça va aller ? je lui demande. Il retire ses lunettes et me regarde. J'avais perdu l'habitude de voir ses yeux. Y a pas la moindre chance que ça aille pas, il me dit. Il me serre la main, me fait un bisou sur chaque joue et s'éloigne. À toute.

Je monte chez Chérif.

Farès m'ouvre la porte, ses yeux à lui sont des cavités. Il me conduit jusqu'à la chambre, s'arrête sur le seuil.

Côte à côte, on contemple le corps assoupi de Chérif comme une situation à gérer. Je lui dis d'aller se reposer, que je m'en occupe. Il reste quelques instants debout, vacillant et vide. Ce n'est pas qu'il ne sait pas quoi faire, c'est que son corps a oublié comment faire des gestes simples. Il rassemble ses efforts dans un soupir, plaque le bas de chaque paume dans les deux creux de son regard et avant de disparaître il me dit qu'il espère qu'on a pas prévu de faire de la merde. Qu'il faut pas envenimer la situation. Je ne sais pas quoi lui répondre alors je lui demande s'il veut venir voir. Il secoue la tête de gauche à droite, las. Alors je lui répète d'aller se reposer, que je m'occupe de tout ça. J'attends que le bruit de ses pas s'éteigne dans le couloir qui mène aux autres pièces, le grincement définitif de la porte qu'il tirera pour la fermer, et je m'accroupis près de Chérif, le secoue, le sors de son sommeil. Il entrouvre ses paupières comme s'il les arrachait les unes aux autres. Deux déchirures sèches.

Je sais d'où je le tire. Je ne sais pas ce qu'il va se passer, ni demain ni les autres jours. Je ne sais pas si je saurai à quoi il pense. Je ne suis plus certain de le savoir maintenant. Je sais où je l'amène.

À quoi penses-tu Chérif ? Est-ce que tu peux penser encore ?

Tu as l'air tout petit sous les draps. Tu as refermé les yeux.

Je sais qu'en vrai de vrai, tu ne dors pas.

Ton crâne est une grotte. Ténébreuse. Il ne s'y déroule plus que les images d'un univers déformé dans lequel rien de tout ça n'aurait su arriver. Tous tes aliments ont le goût de la mort et l'air n'est plus bon. Les bouffées avalées ne te servent qu'à rester vivant. Suffisamment vivant pour dérouler la même question à chaque centimètre cube aspiré. Et pourquoi donc à nous. Suffisamment vivant pour dérouler la même question à chaque centimètre cube recraché. Est-ce que c'est véritable.

Pas suffisamment vivant pour accueillir les illusions qui tuent le temps quand ça va bien.

Tu fais semblant de dormir, t'essayes de tromper la vie. Tu te dis que si tu respires lentement, très lentement, tu arriveras peut-être, à la fin d'une expiration, à te passer d'oxygène. Définitivement. Prenant une décision radicale pour ton être, ton corps en planche sur le matelas s'enfonçant sous les draps, à travers les couches de mousse, coulant sous le lit, dans le lino, le béton armé, chutant étage après étage, s'immergeant dans les strates du sol, de l'humus à la roche mère.

Volontairement se noyer. Mais tu n'as pas de pierres assez lourdes dans tes poches. Et tu sais nager. Et tes poumons traîtres te ramènent à la surface, inlassablement.

Et tu le sais, que la suite, c'est à toi de la mener. Tu le sais, que c'est ton combat qui est venu te chercher dans ta tranquillité. Tu le sais, que tout n'allait pas à peu près bien, avant, que rien n'allait convenablement tous les jours, qu'on avait tous les tickets d'une tombola pour le cimetière mais qu'au micro, c'est le nom de ton frère qu'on a appelé. Pas le tien, le sien.

Pas le tien, ni aucun des nôtres pour l'instant. Le sien.

Et c'est trop tard, beaucoup trop tard. Ta vie est entremêlée aux leurs maintenant, ton destin est lié à leur impunité. Ce n'est pas un choix que tu as fait, c'est un mauvais coup du sort.

Tu penseras de nouveau peut-être.

Mais tu ne rêveras plus. J'essayerai pour deux. Je t'enveloppe de mon amour ma vie, mon amour de frère d'immeuble. Toi Chérif de la fenêtre en face de la mienne, enfin, à quelques étages près. Tu me sauras là pour la suite. Ce combat qu'il t'appartient de mener. Tu me sauras là, hein ? Puisque je ne saurai faire que ça.

Près de lui, je le secoue, le sors de son sommeil. Il entrouvre ses paupières comme s'il les arrachait les unes aux autres. Deux déchirures sèches. Je sais d'où je le tire. Je sais où je l'amène.

Je lui tends ses vêtements, je l'attends près de l'entrée.

On redescend de sa tour et remonte dans la mienne.

On avance sur les lattes de ciment du toit, enjambe les conduits, esquive les fleurs et retrouve les autres.

Dans le jour qui se lève, les merles, moineaux, mésanges, pigeons en gangs, en même temps qu'ils s'étirent les plumes, chantent comme des rappeurs leur appartenance au sol d'ici. Oublie jamais d'où tu viens, ils semblent se répéter.

C'est la BO des dimanches couchés après l'aurore, je dis ça à Chérif. On dirait des daronnes qui crient dans nos têtes quand on a pas prévenu qu'on rentrait tard, n'est-ce pas ? Il rit un peu et dit que c'est la BO d'une vie sans galères surtout, qu'il ne faut pas avoir trop de trucs dans la tête pour continuer de remarquer le chant des oiseaux. C'est vrai, je dis et je lui demande s'il se souvient de la dernière fois qu'on est rentrés à une heure vraiment abusée. Évidemment, il dit. Et de ses lèvres sèches il esquisse un sourire.

Les gars sont un peu plus loin en train de regarder sur un portable le live qu'a fait Demba tout à l'heure. Ils ne crient plus ni ne rigolent, ils sont émus. Penchés autour de l'écran pour mieux voir, leurs fronts semblent aimantés les uns aux autres. Chérif et moi, on s'assoit sur des chaises vides à côté d'une glacière. Dedans, des canettes. Je lui tends un thé glacé. Mets-moi une vraie boisson rolala, du sky ! et chips si y a steup, il me dit, gavé de mes attentions, et deux feuilles aussi j'vais rouler un teh. Je lui donne tout ça, lui demande s'il veut pas manger avant. On a le temps du monde pour manger, il me répond.

Mon dos me fait mal. Je fais rouler mes omoplates de l'avant vers l'arrière pour soulager les courbatures. Je tire sur la languette d'une canette et observe l'orange dans le bleu du ciel.

La dernière fois qu'on est rentrés à une heure vraiment abusée, c'était il y a dix jours. Hawa, Nil, Chérif et moi, on était partis frétiller en boîte de nuit. Au début on s'était mis bien à base de grands cocktails avec pailles fluo, rondelles d'agrumes, morceaux de fraise etcetera. Puis l'argent avait fini par manquer. On ne sirotait plus que des glaçons fondus, les gorges desséchées par les allers-retours au fumoir. Et dans ces endroits-là, le fumoir, on dirait c'est lui il t'allume et te fume. Une fois terminés les glaçons, on s'était déter à rentrer mais il était encore trop tôt pour choper un métro. Alors on avait décidé d'attraper un bus de nuit qui passait à quelques kilomètres de là. Évidemment plus personne n'avait de batterie alors on s'était dit qu'on irait au talent. On avait titubé longtemps dans la ville, nos corps suaient la fête et les matins d'été. On avait fait mille détours. On s'était arrêtés mille fois pour pisser. Mille fois pour crier dans des cônes de chantier, les mettre sur nos têtes. À des moments Nil avait Hawa sur son dos. À un moment Nil était sur le dos d'Hawa. Je n'ai rien compris. Tout bourré, Chérif avait réussi à arracher la plaque d'une énième rue Gallieni. Après ça, il avait hurlé, il faut décoloniser les villes, il faut déboulonner les statues, des trucs comme ça, puis il avait entonné Médine à tue-tête *Dès que le cœur d'un grand homme s'arrête, Paris donne son nom à une artère…* Un spectacle.

De loin, on avait vu le bus de nuit arriver vers l'arrêt et tapé un sprint à gagner des médailles. On était montés in extremis et sans tickets. Et à peine on s'était affalés sur les sièges qu'une embrouille avait démarré. La nuit le reste de la vie fonctionne comme dans les clubs. Le videur du bus voulait éjecter ceux qui n'avaient pas payé et le chauffeur – ils étaient deux salariés la nuit – souhaitait parrainer le retour au bercail d'enfants pauvres. Ou peut-être bien qu'il voulait juste rentrer chez lui à l'heure en vrai. Des camps s'étaient formés dans le véhicule – qui ne redémarrait pas du coup. Il y avait eu des grands débats loufoques entre des gens ivres qui rentraient chez eux et des gens sobres qui partaient au taff. Une révolte avait été fomentée par tous les sans-ticket. À un moment il y avait même eu un gars qui avait fait du pole dance avec l'une des barres pour se tenir.

Nous, j'avoue, on n'avait pas la pêche de nous mêler à tout ça. L'heure, l'ivresse, le pilon, ça n'était pas la bonne recette pour le soulèvement. Au bout d'un quart d'heure à regarder la scène comme si c'était du stand up, on s'était dit venez on se pète nan ? Et on était descendus pour aller à pied jusqu'à Bastille, le temps que le métro rouvre. Arrivés sur la place, le soleil tapait déjà au ras des trottoirs. Ça nous faisait des ombres géantes alors, évidemment, on avait passé une demi-heure à se faire deviner des formes.

Après on s'était posés sur les marches de l'Opéra pour fumer des clopes. Il restait encore quelques dizaines de minutes avant l'ouverture des stations. Nil avait roulé une batte de base-ball et après lui avoir dit qu'il forçait à cette heure-là Chérif avait tiré dessus de grandes lattes. Les oiseaux chantaient hyper haut. À moitié j'étais content de les entendre pour une fois, à moitié ça m'angoissait de ne pas être chez moi à dormir comme je devrais.

On se racontait des trucs qu'on avait déjà dû se raconter vingt fois. Hawa dansait sur un son de rnb qu'elle avait mis sur son portable. *See my days are cold without you.* Chérif était affalé sur six marches. Nil était Nil. Moi j'avais déjà trop chaud et je voulais que les oiseaux baissent d'un ton. Puis, d'un coup, on avait entendu un son ricocher sur l'étendue de la place. Genre tchakatchak tchakatchak. Comme on était dans le dur, tout nous parvenait amplifié, on ne pigeait rien. Hawa avait alors ouvert grands ses yeux et tendu le doigt pour nous montrer d'où ça venait. On avait pivoté nos têtes au ralenti et là on avait bien phasé. D'une artère à l'opposé de nous, une centaine de cavaliers en armures blanches médaillées, avec des képis ou des casques à pompons, avaient débarqué et commençaient à remplir la place, assis sur des chevaux qui faisaient deux fois la taille de chevaux normaux. Certains des types avaient des coiffures de coqs sur leur tête, plumes bleues, blanches et rouges, et des faux cheveux brodés sur des couronnes en forme de patte de dragon.

On était égarés de fou. Ils avaient trotté jusqu'aux marches puis nous avaient dépassés sans même nous calculer, fiers d'être au monde.

Quelques minutes après la vision, Chérif avait été saisi d'une illumination. Il avait dit eh mais on est bêtes de fou. C'est le 14 juillet aujourd'hui. C'est les soldats tah ils vont défiler sur les Champs-Élysées. On avait fait ahhhh, en chœur ; puis Hawa, toute foncedée, s'était levée et avait déclaré qu'on devait faire un spectacle au quartier pour célébrer la révolution. Nil avait trouvé ça intéressant, forcément – mais quel canard celui-là. Moi, j'avais dit à Hawa d'aller là-bas avec ses vieilles idées patriotes cheloues. Chérif avait déclaré que la révolution française c'était surcoté mais pas la révolution tout court et que, de toute manière, toute occasion de barbecue était bonne à prendre. Toujours rempli de barbecue celui-là.

On était rentrés au quartier et le soir suivant on avait raconté l'histoire à toutes les têtes qu'on croisait comme si c'était grave passionnant. Puis on avait rapidement oublié cette idée de drogués.

Jamais on n'aurait imaginé que ce spectacle, finalement, on finirait par le commencer.

Sur les toits, le bleu nuit du ciel a pris quelques teintes orange lave dans les coins.

Nil est revenu. Il va enfin pouvoir expérimenter pour de vrai ses tables de tir, dont il a passé la semaine à peaufiner les plans de lancement.

Il fallait que ça soit nickel.

Quelque chose de classe.

Quelque chose d'irrépressible.

Il avait affiné la recette jusqu'à trouver l'équilibre parfait. Il avait regardé des heures de tuto sur internet et comme dans la vie il y avait vraiment de tout : des gars pouvaient te montrer un truc en deux minutes mais choisissaient de te raconter leur vie éclatée pendant une demi-heure, d'autres au contraire étaient là pour mettre efficacement en commun leurs savoirs.

Il avait été jusqu'à fouiller le dark net mais en vrai il avait déjà tout sous les yeux. Il n'y a qu'à être attentif aux vidéos de bricolage pour y voir le potentiel d'insubordination. Avec son équipe, ils étaient partis à la casse récupérer les épaves de machine à laver – pour tester le point final, donc, de cette interminable fête –, et les avaient fait voler en éclats sur le terrain d'aventures pour déterminer la distance et la force à laquelle des matériaux peuvent être projetés durant une explosion.

Ils avaient essayé sur la terre, le béton, le bitume, les feuilles mortes et même dans l'eau. Ils avaient observé la portée du souffle, écouté le chant de la détonation.

Ça leur avait bien changé les idées putain.

Hawa et lui étaient allés chercher des planches que le père de Lionel conservait dans son garage. Ils les avaient poncées à la main et avaient programmé des découpes sur ordinateur, dans le bois.

Nil avait gravé des ronds dans des carrés avec une fraise guidée par logiciel. Hawa avait cloué les planches entre elles pour faire le boîtier et Nil y avait encastré diodes, interrupteurs et cadrans numériques dans une quarantaine de petits modules.

Ils avaient soudé, dessoudé. Ils avaient trié, raccourci ou rallongé des câbles. Ils les avaient emmêlés et démêlés puis emmêlés et démêlés. Ils s'étaient beaucoup engueulés et invariablement réconciliés, dès que l'un ou l'une charriait l'autre gentiment.

Nil voulait un objet robuste qu'on pourrait – parce qu'on le devrait – réutiliser un jour. Il voulait un objet beau, bien conçu, fabriqué avec amour.

Notre honneur était en jeu.

On voulait un objet sorcier, un outil discret au service du visible, du surgissement, de l'instantané. Un outil illisible pour le reste du monde, dont l'apparence ne ferait sens que pour nous.

Dans ma sacoche, une notification. C'est un message de Nil qui dit Ça va le faire. Je relève la tête de l'écran, il fait un signe de tête approbateur dans ma direction, commissures des lèvres vers le bas.

Main en V.

Quand on s'est quittés tout à l'heure, il est d'abord passé par son atelier au parking pour récupérer son matériel avant de remonter au zéro.

Arrivé sous l'emplacement de la pyramide, il a étalé au sol et tout autour de l'escalier qui permet d'en sortir ou de s'enfoncer aux étages plus bas une vingtaine de sacs en plastique noir. Et, avec des gestes courts, précis, il a déroulé les flexibles de deux bonbonnes de gaz, les a scotchés hermétiquement aux ouvertures des sacs pour les gonfler comme des ballons. Sous leurs ventres, il a délicatement fixé, d'un morceau de chatterton, des amorces en forme de bout d'allumette reliées par des câbles à la seconde table de tir – elle-même connectée à un boîtier permettant de déclencher de là-haut ce qu'il va se passer ici.

Assis par terre en tailleur, il a déplié la mallette sur le triangle de ses jambes ; a programmé sur la table l'introduction : abaissé un à un les interrupteurs des modules, laissé apparaître les chiffres sur les écrans – indiquant les différents moments où ça va partir.

Puis il a reposé la table devant lui, ouverte, a jeté un rapide coup d'œil à l'ensemble de l'installation avant de sauter sur ses pieds, de gravir les marches deux par deux et, une toute dernière fois, de sortir par la pyramide.

Vingt sacs. Deux mille litres d'oxygène et d'acétylène. Des amorces. C'est à peu près tout.

Là-haut, Nil compte jusqu'à trois puis presse le premier des deux boutons du boîtier carré qu'il a emporté avec lui.

Des gerbes étincelantes se mettent à fuser du toit : les mortiers installés plus tôt éjectent leurs chandelles à des mètres au-dessus d'eux, les uns à la suite des autres.

Au décollage, ils font les cris d'une mouette, et quand ils atteignent le ciel une déflagration sonore se produit comme des applaudissements de supporters dans un virage.

Des milliers de minuscules gommettes impriment en filigrane des palmiers sur les nuages ; des constellations éphémères se forment sous l'ozone ; des moulins déversent autour d'eux des fontaines d'or ; des boutons libèrent, chacun à leur tour, des centaines de pistils de lave et de pétales dans le ciel.

Jaunes, rose, verts, orange, rouges.

Les couleurs saturent l'air, le recouvrent, le rendent accessoire.

Nous on regarde le spectacle comme des enfants, le nez vers la lune et le cou qui fait mal. On essaye de calculer dans nos têtes, combien de vertes, combien de jaunes et le temps qu'il nous reste avant le bouquet final.

Bientôt les fleurs s'estompent et le bleu du ciel qui tourne à la lave et le calme se réinstallent, inébranlables. Le prologue touche à sa fin et pendant une minute, une si longue minute, seuls les oiseaux, seuls les bourdonnements à l'intérieur de nos oreilles, seuls les derniers crépitements des feux échoués au sol et le son que produit l'air lorsqu'il circule dans les corps soulignent le silence.

Issa, Demba, Hawa, Nil, Chérif et moi on s'est alignés, les bras croisés, le long de la balustrade. Famille à jamais incomplète.

On regarde l'étendue de la place, du pied de notre immeuble jusqu'aux fenêtres de ceux d'en face. Concentrés sur le dernier acte, je crois qu'on n'a jamais semblé si tranquilles.

Et

Et vingt sacs.
Et deux mètres cubes de gaz.
Et des amorces.

C'est à peu près tout.
Tout ce qu'il faut pour faire exploser une sortie de secours déguisée en œuvre d'art.

Dans notre dos on entend l'infime clic d'un levier qu'on abaisse.
C'est Nil qui presse le dernier bouton du boîtier.

Clic.

Le cœur de la terre, comme mille tonnerres joués en simultané – un bruit phénoménal –, s'élève jusqu'à nous.

Boum.

Sous le sol, les amorces ont commis leurs étincelles, libéré le gaz comprimé dans les sacs.
Soufflée, explosée, la pyramide, depuis son intérieur ; creusé, le béton, sous le zéro, vers le moins un, vers le moins deux.
Propulsé, le triangle, vers les quatre côtés de la place.
Dispersé, le temple ; morcelé, le mausolée.

Onde de choc,
pression,
dépression,
écho,
indice de réfraction :
PHARAONIQUES.

Boum.

Un souffle, des comètes en fusion, de la terre vers le ciel.

Deux secondes d'air qui brûle.

Puis de la fumée, des volutes qui s'étalent, tentacules diffus, et des milliers et des milliers de particules de verre et de métal – poussières de moins d'un millimètre, chutes de trois centimètres, carrés de sept millimètres, losanges, hexagones, octogones de quinze centimètres, étoiles, ellipses, trapèzes – propulsées dans l'espace à une vitesse supersonique.

L'image transparente de l'écho au sol, horizontale, déplace la réalité à mesure qu'il s'élève vers nous. Comme une vague un peu plus haute qu'une autre à marée basse. Comme la proposition d'une nouvelle mise au point.

Boum.

Un souffle, une brise orange puis gris chantier.

La structure en fer, les barreaux de l'échelle qui mène à sa pointe, la serrure anti-panique, des bouts d'escaliers et de grilles d'aération atterrissent des mètres plus loin par lambeaux.

Des morceaux du bas-relief, les corps et visages humains balafrés de tags, et les animaux, fidèle bestiaire ornemental – le phoque, le kangourou, le flamant rose, le buffle, les pingouins : envolés dans le temps à l'arrêt. Les paires d'ailes vrillent sur elles-mêmes au ralenti, les becs chavirent dans la troposphère, les cornes, les moustaches, les oreilles pointues, les pattes griffues semblent en apesanteur.

Ces animaux, on pourrait les reproduire en broderies sur un drap qu'on jetterait comme un drapeau sur nos ciels saturés des lumières de la ville. Pour que Samy ait ses étoiles d'enfant sous lui.

Face à la fulmination, sur le toit, Chérif à mes côtés. Il regarde la terre se soulever. Mais dans son corps il ne ressent rien. Pas de pensées sous l'os du crâne. Un simple cri long.

Des images comme des diapositives, la dernière fois en boucle, le sac de charbon, le vocal, le sac de charbon, la dernière fois que, le moteur allumé qui lui fait trembloter le visage encore joufflu de l'enfance, le sac de charbon entre ses jambes, et sa mine grincheuse, et son air pressé, le vocal, le t'es où wesh au lieu du au revoir frère, le où es-tu, le où te trouves-tu, le je dois savoir où tu te situes, le ce que tu fais exactement, le comprendre pourquoi tu le fais et à quel endroit, la dernière fois que, je dois savoir où, où exactement, tu vas où après le sac de charbon et pourquoi je ne te dis rien, pourquoi c'est ce moment, c'est ce moment que je ne choisis pas, que je n'ai pas choisi pour faire une crise d'autorité, appeler maman et qu'elle te somme de rester à mes côtés, eh ouais même si t'es trop grand pour ça t'es encore le plus petit, et tu restes avec moi, tu termines ton sandwich et tu rentres à la maison, et t'as le droit à une heure de tablette pas plus, et je m'en fous que t'aies bientôt seize ans c'est pas mon problème, tu prends le charbon tu l'emmènes là-bas et tu reviens près de moi, pas sur cette table, pas sur cette table grise et froide, tu reviens près de moi, tu restes près de moi ce vendredi-là, tu restes, tu manges ton sandwich, tu auras le droit de mater le match ou ce que tu veux, tant que tu rentres à la maison et que je t'y retrouve endormi dans ton lit d'enfant, pas sur cette table métallique, froide comme réfrigérée, cette table à roulettes comme pour t'emmener quelque part, loin de moi, pas près, comme je l'ai voulu et je le veux, mais loin, toi allongé, roulant, loin, et ton corps dont on ne peut rien faire, qu'on ne peut inhumer, qu'il faut vérifier encore, car ils ont l'air de se tromper sur ce qu'il lui est arrivé à ton corps, à quelle distance ça lui est arrivé, c'était pas loin c'était près, c'était précis, c'était trop loin de moi ; et là toi tout près, tout près sur cette table maintenant, toi allongé, roulant, t'éloignant, tu pourrais revenir, finir ton assiette et regarder le feu avec nous, le feu qu'on a fait pour toi, le feu à nos côtés, loin de nous et près d'eux, pour qu'ils le voient ceux qui disent qu'ils n'étaient pas tout près de toi ce soir-là, qu'ils le voient ceux qui disent, insistent pour dire qu'ils ne t'ont pas bien vu, qu'ils le voient le feu ceux qui disent qu'ils ne voient rien, qu'ils le voient bien, qu'ils voient bien là où ça pète, là où ça craque, là où ça s'ouvre : c'est là, c'est près d'eux, ça vient, ça s'approche, ce n'est plus très loin, ça roule pas, ça accourt en grosse équipe ; à la recherche de ton retour, toi, revenir et finir ton assiette, s'il te plaît, je te laisserai jouer à GTA, des heures si tu veux, pour moi c'est ok, tant que tu restes à côté ; pas sur cette table ; où tu veux, sur le toit par exemple, les toits, nos toits ; j'ai mon cœur en deux parties, j'ai mon cœur en mille parties, c'est comment la joie quand tu nous quittes, ton air grincheux et, derrière, la préciosité de tes rares sourires d'adolescent contrarié, ça marche comment la joie quand tu nous quittes ; t'étais pressé pour le charbon, pas pour mourir hein, dans mes rêves où tu reviens tu le dis que t'aurais préféré rester, que t'avais des trucs en cours, que si tu le pouvais tu roulerais encore, tu roulerais toujours sur deux roues, sur une roue en Y, ondoyant et libre ; et moi qui te trahis d'être resté en vie, ça gueule dans ma tête, putain si tu savais, un cri ininterrompu, absurde, comme les flammes qui se sont élevées et les matériaux qui fument au sol, un cri pas raisonnable, au ras des décombres, mon choc au détail, divisé, dispersé, au détail, absurde et latent comme tout ce qu'on pourrait encore allumer, comme tout ce qu'on n'a pas encore allumé, comme tout ce qu'on pourrait faire brûler ; qui sait ; de quoi ont l'air les jours qui arrivent, des amorces quelque part, toujours des amorces, et des groupes en train d'y répondre par le feu, et tout ce qu'on n'a pas encore fabriqué dans des garages, et tout ce qu'on n'a pas encore balancé des toits, des passerelles ; des toits où les mots de bienvenue se camouflent derrière des abois de salutation, des toits, des sous-sols : les endroits desquels se jeter, les endroits dans lesquels s'immerger ; le dessous d'un zéro ; des matériaux fumants ; le pourtour d'un triangle, une ouverture béante, des fenêtres enfoncées sur les étages du parking au cœur desquels les secrets se susurrent dans les conduits auditifs, les toits, les dessous, où l'émotion, l'ébranlement, la brûlure et le combat s'opèrent en silence et les recettes s'échangent par échanges de regards entre des êtres qui se savent proches et près et réels ; la proximité, de toi sur cette table qui t'emporte en roulant, ta peau froide et bleue ; cette première mécanique d'enfouissement de la vérité, la tienne ou la nôtre, as-tu seulement envie de savoir, de revenir près de moi, des matériaux fumants en pourtour du triangle et de cette pyramide qui n'avait jamais abrité en son sein que des étages et des moteurs ; des moteurs, des moteurs, des moteurs ; grondant, vibrant, fumant, feulant, machines absurdes sous une pyramide par laquelle sortir ne se fait qu'en urgence, vidée, vidée, vidée, vidée, et le trou qui se répète à chaque étage, triangle vide au zéro, triangle vide au moins deux, l'emplacement dépourvu de sa matière, c'est un nouveau monument, à nos béances, à nos morts.

Merci à toustes celleux qui m'ont aidée – de près comme de loin – à commencer, poursuivre et terminer ce livre : de la famille, du clan N/B, des membres de la secte, certain·es buveur·euses et l'équipe du DCL, des ami·es, potos, ex-collègues ou ex tout court, un bronzeur du treizième étage, des camarades, des professeurs, toustes celleux rencontré·es parfois au fil des promenades, des gens qui partagent sur internet ce qu'iels savent (faire) ; et puis ma pref' – ma bff, Nastasia.

Un merci particulier à Louise pour Astor ; Anto pour Astro ; Alice, Fouad et Nil ; Bak pour Bak et Dada pour le *turfu comète* de Demba.

Ce texte ne s'est pas écrit à mains nues.

Parmi les travaux qui m'ont aidée à raconter l'histoire de ce roman, je tenais tout particulièrement à citer les suivants :

Obélisque de la place des Fêtes, sculpture monumentale et bas-relief conçus et réalisés par Bernard Huet et Zoltán Zsakó, 1995.

Antoine et les Étoiles, de Jean-Pierre Idatte et Manuel Gracia, 3 Chardons, 1986.

Lettre à Adama, d'Assa Traoré avec Elsa Vigoureux, Seuil, 2017.

« L'émeutier et la sorcière », d'Olivier Marbœuf, dans le catalogue *Sorcières, pourchassées, assumées, puissantes, queer* édité par Anna Colin, Éditions B42 et Maison Populaire, 2012.

« Des gardés à vue dénoncent "des actes de torture" au commissariat du 19ème arrondissement », par Mathieu Mollard, *Street Press*, 12 novembre 2020.

« Penser la diaspora, chez soi, de loin », de Stuart Hall, dans le recueil *Identités et Cultures*, Éditions Amsterdam, 2007.

Flore des friches urbaines, d'Audrey Muratet, Myr Muratet et Marie Pellaton, Éditions Xavier Barral, 2017.

Frères, un film de Ugo Simon, La Fémis, 2021.

Ride la vie, série de vidéos documentaires, L'écho Des Banlieues, 2019-2020.

Never Stop. Une musique qui résiste, un film de Jacqueline Caux, La Huit Production, 2017.

Police, illégitime violence, un film de Marc Ball, Song Pham/Talweg Production/France Télévisions, 2018.

Ainsi que toutes les prises de paroles des comités ; durant les trop nombreux événements de commémoration et marches qui ponctuent nos années de lutte ; des mères, pères, frères, sœurs, ami·es qui à la suite de la perte de l'un·e des leurs ont été forcé·es de s'engager au combat.

Un merci tout particulier à Mahamadou Camara, frère de Gaye Camara – tué par la police dans la nuit du 16 au 17 janvier 2018 –, qui, un dimanche, nous a reçus chez lui avec Mado et Joey pour l'actu des luttes (FPP 106.3 FM), et a accepté de longuement nous parler de son combat. Merci à toi, à ta famille, d'avoir rempli nos estomacs bien vides de pastels savoureux, avec toute la générosité qui caractérise nos cultures afro, dispersées autour du globe.

Morceaux joués, chantés, dansés par ordre d'apparition

Call me friend but keep me closer and I'll call you when the party's over.
Billie Eilish, « When the Party's Over », *WHEN WE ALL FALL ASLEEP, WHERE DO WE GO ?* ; © Darkroom / Interscope Records, 2019.

You got me lifted, feeling so gifted, suga how you get so fly ?
Baby Bash & Frankie J, « Suga Suga », *Tha Smokin' Nephew*, © Universal Records, 2003.

40 degrés, grand soleil, j'transpire à bloc,
pfff c'était bien au début quand on s'connaissait pas encore…
Richi, Mcdo Bellecour, *40 degrés*, © Futurecord, 2021.

Ça bouge pas, j'me lève tôt, j'me couche tard, j'vais au bon-char, et j'm'en bats les couilles moi.
Ça commence ici (ça va commencer ici), ça va jusqu'à là-bas.

Guy2Bezbar, « Ça va commencer ici », *COCO JOJO*, © Blue Magic Corp, 2021.

I'll be a bubble, I'll make myself useful, dive into diamonds…
It looks like you're too precious.
James Blake, « You're Too Precious », *You're Too Precious*, © Polydor Records, 2021.

Tu veux engloutir mes soucis, t'éteins mes clopes avec ton tsunami,
y a du soleil au-dessus de la pluie, si l'eau fait vivre, la fumée aussi.
Lala &ce, « ATLantis », *Everything Tasteful*, © &ce Recless, 2021.

Menottés dans la banal', comment c'est loin Paname, elle veut qu'j'l'emmène en balade…
SCH, « Corrida », *JVLIVS II*, © Rec 118, 2021.

Une Kalash', ça t'fait danser même si tu sais faire les trucs à Van Damme.
SDM, « Van Damme », *OCHO*, © Universal Music Division Capitol Music France, 2021.

Marjan, « Kavir-e del », *Pomegranates*, © Finders Keepers Records, 2009.

If the water should cut my life,
If the water should cut my mind, set me free,
I don't care, I want to live in a bathysphere.
Cat Power, « Bathysphere », *What Would the Community Think*, © Matador, 1996.

Petit bob sur la tête, c'est dur de sourire.
J'fais pas la fête, le cœur est noir, wAllah j'ai même plus envie de vanner.
Mais j'suis confiant, toi-même tu sais, j'suis l'plus déterminé des enfoirés.
Pnl, « Lala », *Que la famille*, © Pnl, 2015.

On s'ressemble tous avec une cagoule, sapés tout en noir en ville.
13 Block, « S.W.P.V », *BLO II*, © Elektra France, 2020.

Dangeruss, James Franco, « Hangin' Wit Da Dopeboys », *Spring Breakers : Music From the Motion Picture*, © Big Beat Records, 2013.

J'suis choqué, j'suis choqué, j'suis choqué, histoire de lova, histoire de lova...
Jul, « Lova », *My World*, © D'or et de platine, 2015.

Elle veut le buzz, l'argent du buzz, l'argent du boss, elle veut ma sacem !
Naps feat. Ninho, « 6.3 », *Carré VIP*, © Ok Many Industrie / 13ème Art Music, 2020.

You got to show me love.
Robin S, « Show Me Love », *Show Me Love*, © Big Beat, 1990.

I am gettin' so hot, I wanna take my clothes off...
Nelly, « Hot in Herre », *Nellyville*, © Motown, 2002.

Happy Mondays, « Hallelujah » (club mix), *Hallelujah Ep*, © Factory, 1989.

Sueño Latino, « Sueño Latino (D. May Illusion First Mix) », *Sueño Latino*, © Expanded Music Srl, 1989.

Juan Atkins, « The Mission », *Fast Forward*, © Parlophone UK, 2004.

Juan Atkins, Moritz von Oswald, « Odyssey », *Transport, Juan Atkins & Moritz von Oswald present Borderland*, © Tresor Records, 2016.

Jeff Mills, « The Bells », *Purpose Maker Compilation*, © React, 1998.

Édith Piaf, « Mon manège à moi », *Le Tour de Chant d'Édith Piaf à l'Olympia* – No. 3, © Columbia Records, Pathé-Marconi, 1958.

J'viens d'en bas, j'ai pas d'autre issue que de finir au top…
Le Juiice, « Drip en stock », *Jeune CEO*, © Trap House, 2020.

Tomorrow means nothing at all if we don't hear the line when today places its call and morning won't ever be the same.
Kings of Tomorrow, « Finally », *It's in the Lifestyle*, © Distance, 2000.

Jeff Mills, « Casa », *Purpose Maker Compilation*, © React, 1998.

Fight the power, fight the power, fight the power…
Public Enemy, « Fight the Power », *Fear of a Black Planet*, © Def Jam Recordings, 1990.

Liquid, « Sweet Harmony », *Culture*, © XL Recordings, 1992.

Jeff Mills, « Alarms », *Purpose Maker Compilation*, © React, 1998.

j'crache la fumée en forme de clé d'sol.
Jok'air, « La mélodie des quartiers pauvres », *Big Daddy Jok*, © Arista France, 2017.

Too scared to sacrifice a choice chosen for me.
[…]
The remedy will agree with how I feel.
Portishead, « Machine Gun », *Third*, © Universal-Island Records Ltd., 2008.

Boards of Canada, « Roygbiv », *Music Has the Right To Children*, © Warp Records, 1998.

Joanna, your busy body giving me life… Joanna Jo-jo-joanna
Afro B, « Drogba (Joanna) », *Afrowave 2*, © Marathon Artists, 2018.

There's a limit to your care, so carelessly there, is it truth or dare ?
James Blake, « Limit to Your Love » (reprise du titre de Leslie Feist), *Limit to Your Love*, © Polydor Records, 2011.

I guess I'll go and tell just as soon as I get to the end of this song.
To the end of this song.

To the end of this song.
Tame Impala, « Keep on Lying », *Lonerism*, © MODULAR, 2012.

J'suis même pas sûr qu'on va trouver la paix. Shit, j'connais pas mes limites, j'me demande comment ça va s'terminer.
Laylow, « Megatron », *Trinity*, © DigitalMundo, 2020.

Sébastien Tellier, « L'amour et la violence », Sexuality, Record Makers, 2008.

Dès que le cœur d'un grand homme s'arrête, Paris donne son nom à une artère…
Médine feat. Lartiste, Lino, Sofiane, Seth Gueko, Ninho, Youssoupha, Alivor, « Grand Paris », *Prose Élite*, © Din Records, 2017.

See my days are cold without you.
Ashanti, « Foolish », *Ashanti*, © I.G. Records, Inc. / Universal Records, 2002.

RÉALISATION : NORD COMPO À VILLENEUVE-D'ASCQ
IMPRESSION : PRÉSENCE GRAPHIQUE À MONTS
DÉPÔT LÉGAL : AOÛT 2022. N° 150758-5 (032375039)
IMPRIMÉ EN FRANCE